LA FILLE DU POULPE

UN HAVRE DE PAIX

Du même auteur :

Pas d'équerre, éditions Louise Bottu, 2023
Les gens ne se rendent pas compte, Éditions Le Clos Jouve, 2022
Dures comme le bois, recueil de nouvelles co-écrit avec Frédérick Houdaer, Éditions Sous le Sceau du Tabellion, 2022
Le jour où la dernière Clodette est morte, Éditions Le Clos Jouve, 2020

Un Havre de paix
ISBN 978-2-8207-0336-1

Coordination de la collection par Sergueï Dounovetz

LA FILLE DU POULPE
Judith Wiart

UN HAVRE DE PAIX

LA FILLE DU POULPE
MOBY DICK ÉDITEUR

à Arthur Houdaer

aux Havrais qui ont vécu "Juin dans la rue" 1977

à Annie Le Brun

Je ne sais pas où je vais
mais je sais ce que je méprise
Annie Le Brun

En attendant, reste la désertion.
Annie Le Brun

1

Où sont parties les frangines ? De nouveau, elle se retrouve seule dans la ville. Pas assez téméraire pour entreprendre un périple en solo, s'agit de trouver un refuge au plus près, si possible avec garde-manger à portée d'aile.

Deux mois que le vent n'a pas soufflé avec autant de force sur Le Havre. Dans cet arbre du square Saint-Roch, les rafales à plus de 80 km/heure lui mettent la tête comme ça et les branches craquent dangereusement. Il va falloir changer d'abri. En février, la tempête a duré deux jours, avec des coups de vent force 10. Deux jours sans pouvoir ni bouger ni se nourrir. Deux jours, clouée. Ça lui a foutu un sacré coup au moral. Elle aurait mieux fait, comme les copines, de partir en virée au sud du cap d'Antifer pour se réfugier dans l'une des corniches creusées dans la falaise.

Elle quitte son ginkgo préféré pour prendre son envol au-dessus des toits direction Nord-Ouest, direction la mer et le quartier Saint-Vincent, là où nichent les bobos - les humains disent encore ça ? - dans de vieilles pierres devenues cossues, là où elle aura le plus de chance de trouver un jardin avec maisonnette spécialement conçue pour les filles de son espèce. Il ne faut pas s'attendre au standing de ces fameux “hôtels à mouettes” norvégiens, dont elle a entendu parler par les migrantes. Non, au Havre, les propriétaires de Airbnb n'hésitent pas à baptiser leurs studios “La mouette rieuse” ou “La mouette normande” mais se foutent bien du sort de ses comparses. Elle a récemment entendu parler de la volière d'une dénommée Stella vers le port de plaisance, mais il faut faire partie du “cercle”.

Quand on connaît bien son affaire, le vol en tempête peut devenir un exercice amusant. Se laisser porter par les bons courants, flirter avec la tourmente : une chorégraphie aérienne amoureuse. C'est ainsi que, malgré les remous, elle survole sans encombre la rue d'Etretat puis la rue Saint-Adresse pour planer un instant au-dessus de la rue des Sœurs. Au 11, une maison avec balcon et jardinet, et, dans le jardinet, à hauteur du balcon et d'une fenêtre haute, un arbre dans lequel se love une espèce de grand nid en osier, tout en rondeur, tout confort, malmené par le vent, certes, mais dont l'ouverture étroite, une fois franchie, la protégera en partie des bourrasques. La branche a l'air solide. Le logement est libre. Elle n'aura pas à en dégager les locataires, le plus souvent un duo de mésanges charbonnières ou de pinsons des jardins. Elle se cale comme elle le peut dans la nacelle chancelante. Au plafond, une boule de graisse et d'insectes déjà bien entamée. Elle ne va pas faire la difficile. Elle pourrait presque aller remercier le proprio du lieu dont elle aperçoit la silhouette au premier étage de la maison bourgeoise. Il n'est qu'à trois mètres d'elle. Elle le fera plus tard. Il semble occupé.

Pas un temps à mettre un postiche dehors. Depuis 7 heures du matin, le vent souffle sauvagement dans les volets de la maison et fait claquer les portails mal fermés des jardins de la rue des Sœurs. Pourtant, Marcus Gody, devant la coiffeuse en bois blanc de sa chambre, applique des morceaux de ruban adhésif sur une prothèse capillaire retournée sur une tête de mannequin. Dans une demi-heure, il quittera son intérieur cosy pour affronter la tempête.

Il s'y reprend à deux fois pour tenter de coller le dernier bout de ruban au centre de la perruque - le moment le plus délicat - mais la saleté lui colle aux doigts, se fripe et se refripe pour muter en une boulette inutilisable. Il jure et envoie valser pardessus son épaule le scotch chiffonné qui atterrit sur un tapis tufté sous le regard indifférent de Bébert, le chat de la famille, un siamois obèse aux yeux couleur agate doté d'un léger strabisme convergent. Cette coquetterie participait de son charme du temps où il était encore svelte et alerte mais cela fait déjà quelques années que Bébert a perdu de sa superbe. Pedigree au pas, le gros matou a du mal à se déplacer et n'a même plus l'ambition de sauter sur les lits. Tout son univers se trouve à présent à ras du sol mais personne n'attend plus de lui qu'il se fatigue à courir après quoi que ce soit.

Marcus, lui, continue de courir après pléthore

de choses et sur des tapis de salle, et, s'il a bien pris quelques kilos ces dix dernières années, il n'a pas l'intention de devenir le Bébert bis de la maison. Ce chat est un rappel quotidien à la vigilance. Il n'a pas l'intention non plus d'abandonner ce rituel hebdomadaire de fixation d'un tapis de cheveux sur sa portion de crâne chauve. Et, un jour viendra où il se décidera pour la greffe capillaire qui lui coûtera temps, argent et moments très inconfortables, voire extrêmement douloureux, il le sait, mais il économise pour cela. Pour le moment, son toupet - il ne l'a pas choisi par dessus la jambe (Made in Japan, cheveux naturels, soyeux et brillants) - fait encore bien l'affaire, et seules sa femme et sa fille ont vent de son existence.

En parlant de vent : à la radio, le bulletin météo de 18 h annonce ce que tous les Havrais peuvent constater de leurs fenêtres : ça souffle de plus en plus fort et ça pleut de plus en plus dru sur la ville de mer et de béton. ... *cette dépression chasse une vague de froid présente depuis deux semaines en Normandie mais génère dans le même temps des rafales d'une violence inouïe*... La tempête porte un prénom féminin exotique et sexy voué à faire rêver des hommes tels que Marcus Gody : *Isha*... Et Marcus, en effet, rêve bien un moment devant le miroir de la coiffeuse avant de parvenir à faire adhérer le dernier ruban sur l'envers de son faux cuir chevelu.

Le Maire de la ville, qui souffre d'alopécie, n'a pas fait le choix de se prendre la tête avec tous ces artifices, lui. Il assume cette apparence bizarre devenue progressivement la sienne et dont chacun a pu suivre la mutation. Marcus Gody en éprouve une certaine révérence envers l'homme politique qui lui sera, par ailleurs, bientôt utile pour mener à bien ses projets. Penser à l'Hôtel de ville le fait bander quelques secondes. Pour d'autres raisons.

Les volets de la chambre claquent de nouveau contre la paroi des murs de la maisonnée, une pluie de grêle se met à marteler le double-vitrage. Marcus Gody jette un coup d'œil en direction du jardin. Le gros nid en osier accroché au tilleul tient le coup mais fait des tours sur lui-même.

Le bulletin météo précède un "point culture" qui annonce la cinquième saison du festival littéraire et culturel *Un Havre de Paix*. La journaliste parle légèrement du nez avec une voix rauque et glamour, comme la plupart des chroniqueuses Radio France ou comme toutes les trentenaires d'un certain milieu. Elle balance deux-trois banalités sur le programme des quatre journées "*... des écrivains et écrivaines, des poètes et poétesses, des philosophes...* et "philosophesses" ? ironise Marcus Gody à voix haute en assouplissant la perruque du bout des doigts... *aura le privilège d'animer le débat qui fera se rencontrer Pascal Bruckner, l'un des grands penseurs de notre époque, et Fanny Manoir, la nouvelle coqueluche de la littérature française, dont le premier roman à succès publié chez Brassard est premier au box-office depuis maintenant six mois...*

"Premier au box-office"... Elle l'a appris où son métier, la pigiste de chez *France Bleu Normandie* ?

Ce qu'elle ignore - entre autres choses - c'est que Marcus Gody doit rappeler avant 20 h 30 l'attachée de presse de cette pimbêche de Fanny Manoir, qui a failli se décommander à la dernière minute : l'enregistrement d'une émission de télé "qui ne se refuse pas" selon son agent.

— Et une table ronde avec Pascal Bruckner, ça se refuse, peut-être ? s'indignait Marcus Gody, deux jours auparavant.

En retour, un petit toussotement gêné suivi d'un :

— Oh vous savez... Fanny sera en compagnie de BHL et de Houellebecq sur la banquette de la *Grande Bibliothèque*...

La starlette, ex-chroniqueuse TV, vient d'enquiller le Salon du livre de Paris et hante depuis plus d'un an tous les lieux qui lui servent de scène publique. Et elle a l'embarras du choix. Qu'elle profite bien de son petit reste, maugrée Marcus dans sa barbe de trois jours parsemée de poils blancs, c'est peut-être le dernier bouquin qu'elle écrira. On en connaît des filles, jeunes, belles et brillantes qui, après un gros succès littéraire, sont tombées aux oubliettes. Elles se croient toutes sorties de la cuisse de Jupiter... La Une des *Inrocks* un jour, le cimetière des éléphants deux ans plus tard ! Cela fait maintenant quatre ans que Marcus Gody est directeur du festival havrais, il a eu le temps d'en rencontrer des spécimens de son espèce... *la littérature sauvera-t-elle le monde ? La poétesse Bibi Trick proposera, le samedi 20 à 17 h, une performance alliant jonglage, danse et chant dans le hall de la médiathèque Oscar Niemeyer afin de tenter d'apporter une réponse poétique au...*

Plus de 65 % de femmes dans la programmation. Marcus Gody a su dégoter des poétesses de province pour assurer la parité ++ de son festival. Une aubaine pour elles. Mais tout ce qui importe aujourd'hui à Marcus, c'est de s'assurer que la Manoir sera bien présente dans une semaine à la table ronde "Guérir le monde par la philosophie et la fiction". Il faudra, sinon, la remplacer au dernier moment par une écrivaine de seconde zone (il n'en manque pas) et effacer son nom du programme. L'attachée de presse a prévenu Marcus que si Fanny acceptait de venir "elle filerait juste après la rencontre dans le premier TER" pour rejoindre les studios de France 5 et l'animateur à succès de l'émission littéraire à succès : Auguste Taffetas le bien nommé.

Tant mieux. Que le journaleux cultureux et ses potes s'occupent de la blondinette peroxydée, il aura autre chose à faire, lui. Oui, tant de choses à gérer. Le service d'ordre sera décuplé cette année. Des perturbations sont à prévoir, qui n'ont rien à voir avec Poutine et Gaza...

Le quinqua positionne avec application le toupet sur son crâne. C'est affaire d'expert. Il lui a fallu apprendre, en toute humilité. Ce ne sont pas les tutos qui manquent. Quelques années qu'il perfectionne son geste. Il se saisit de la colle capillaire (sans latex et waterproof) et en pose quelques gouttes sur la lisière basse du toupet pour venir la plaquer délicatement mais fermement sur le haut de son front dégarni. Ne reste plus qu'à passer la main dans les vrais-faux cheveux poivre et sel afin de leur donner un mouvement souple. Ne reste plus qu'à les asperger de ce spray magique importé des US qui a le pouvoir de "gainer la fibre naturelle tout en la nourrissant". Marcus Gody en oublierait presque la petite sensation désagréable et lancinante au niveau du plexus qui l'oppresse depuis ce coup de fil, cette invitation qui n'en est pas une, au Bassin du commerce, à 19 h.

— Par ce temps, vraiment ? interrogeait-il une heure auparavant.

— Oui, par ce temps, avait tranché la voix, toujours si peu avenante, avant de raccrocher.

Tempête, ouragan ou cyclone, peu importe, Marcus Gody doit se rendre au Bassin du commerce. Il sait qu'il n'a pas le choix. Même si ça sent les emmerdes à plein nez. Il a des choses à régler.

— Tu fais quoi, ma Brune ?

Depuis quelques jours, la petite lui fait la tête. Il ne sait pas pourquoi et ça le perturbe. Il essaie de se raisonner : sans doute dans l'ordre des choses, toutes les ados de la terre font la gueule à leur père. Mais eux deux, c'est différent. Du moins, il le croyait. Ils étaient si fusionnels il y a quelques mois encore, que Marcus Gody vit cela comme un éloignement amoureux sans logique et très angoissant. Se faire *ghoster* par la chair de sa chair sous le toit commun.

— Un exposé pour le cours de français.

Elle n'a pas levé la tête.

— Qui porte sur quoi ?

Pénible tirage de vers du nez.

— Sur la scène rock du Havre des années 70.

Silence.

— Vous faites ça en français ?

— La prof est fan de *Little Bob*.

— Ah oui ?

— Elle le connaît.

— Super.

Elle ne réagit pas. Elle n'en dira pas plus. "Super" répète Marcus Gody en triturant la poignée de la porte de la chambre de sa fille. Elle se retourne pour le toiser d'un air indéchiffrable. Indéchiffrable et négatif.

— T'as quelque chose à me dire ?

— Moi ? Non.

— Pourquoi tu restes là, alors ?

Elle dit ça en fronçant les sourcils et Marcus qui n'a jamais su résister aux airs boudeurs de sa fille unique a envie de la prendre dans ses bras.

— Je vais sortir un petit moment mais je reviens vite.

— Hein ? Avec la tempête ? T'es fou ou quoi ?

— Tu t'inquiètes pour moi ?

— Pourquoi tu dis ça ?

— Je sais pas... Ces derniers jours, tu...

— Ces derniers jours, j'ai du travail pour le collège.

— C'est vraiment le bagne à Raoul Dufy. Tu veux que j'aille me plaindre au dirlo ? essaie de plaisanter papa Gody.

— "Dirlo"... pffff... Tu parles trop XXe siècle. On dit "principal".

Ce ton... Marcus commence à se faire un film. Et si sa fille avait eu vent de...

— Et tu vas où ?

— J'ai un dossier à récupérer d'urgence au local de l'asso. Si je pars tout de suite, je serai de retour dans quarante minutes maximum.

Elle ne le croit pas. Il le lit dans son regard.

— Maman est au courant ?

— Maman va rentrer tard. Elle a une réunion au musée.

Mais la question n'en était pas une. Elle enchaîne.

— Ça veut dire qu'on mangera tous les deux ?

— Une pizza géante trois fromages. Tous les deux, oui.

— OK. J'ai un truc à te demander.

Un "truc" ? Marcus Gody scrute le visage de sa fille pour tenter d'y trouver des indices... mais la gamine agacée se lève pour refermer la porte sur lui. Il reste, statique, quelques secondes, devant la chambre de Brune, tandis que son cœur, lui, tressaute dans sa cage thoracique.

Devant le miroir plein pied de l'entrée, Marcus Gody tâte à deux reprises son postiche avant d'enfoncer sa tête sous une casquette de marin à doublure matelassée. Puis il enfile son caban imperméable et ses bottes en caoutchouc.

Au moment où il ouvre la porte pour sortir, le vent s'engouffre dans le hall et fait voler les prospectus publicitaires posés sur la commode de l'entrée. Marcus Gody se bat quelques secondes avec la porte avant de parvenir à la fermer.

Sur le paillasson, un oiseau blanc et gris, complètement sonné, le fixe d'un œil hagard : non loin de là, sur la pelouse détrempée, le gros nid en osier arraché à son tilleul roule sur lui-même au gré de violents coups de vent.

Sale temps pour les mouettes.

Vendredi 21 juin 2024, le Bassin du commerce du Havre se réveille avec flegme de sa nuit furieuse. La rieuse encore groggy déchiffonne ses ailes, perchée sur la balustrade de la passerelle François le Chevalier.

— Maman, maman ! Regarde la méduse !

— Où ça, mon chéri ?

— Là !

Le môme pointe son doigt en direction d'une forme aux contours imprécis en train de flotter sous la structure. La mère met ses mains en visière pour scruter la surface de l'eau. Pourquoi n'a-t-elle pas pris ses lunettes de soleil ? Il n'est que 8 h du matin et, déjà, la lumière éblouit. C'est l'un des mystères de cette ville que l'on dit grise. Le reflet de l'eau et du ciel sur les surfaces en béton lavé et bouchardé de Perret la rend par moments aveuglante. Étonnamment, ce lendemain de tempête, le soleil est revenu sur la ville et darde ses rayons dans un azur sans nuages. Les touristes fraîchement débarqués pourraient presque croire qu'Isha n'a pas fait des siennes ces deux derniers jours. Cette histoire de tempête de la veille n'est-elle qu'une fake ? Mais les plus observateurs n'auront qu'à lever les yeux au ciel à la sortie de la gare pour apercevoir l'activité inhabituelle des couvreurs sur les toits de la ville. D'autres indices comme des tuiles éclatées à terre dans de petites rues coulant vers la plage et deux ou trois arbres déracinés sur les places publiques sont les témoins de la violence de l'intempérie. À deux cents mètres de là, le centre culturel, majestueux, courbe, d'un blanc brut et minéral se dresse, indéboulonnable, sur la place Oscar Niemeyer.

Sous la passerelle, l'eau du Bassin du commerce — plane comme il se doit — brille de mille petites étoiles blanches. Y flotte une drôle de bestiole.

— C'est pas une méduse, ça, Gabin...

— C'est quoi, alors ?

Un homme s'arrête à hauteur de Gabin et de sa mère et se penche lui aussi au-dessus de la passerelle.

— C'est un rat, non ?

— Vous croyez ? répond la maman.

— Ou un bébé ragondin... Y a toujours plein de machins qui crèvent pendant les tempêtes... et qu'on retrouve le ventre à l'air dans le bassin...

— Un ragondin ? Dans le bassin ? Vous avez déjà vu des ragondins au Havre, vous ?

— C'est quoi un ragondin, maman ?

— J'en ai vu des choses au Havre, sur les quais, vous n'imaginez même pas.

— Quand même...

— Ça peut pas être une méduse non plus.

— C'est plus probable que...

— Une méduse à poils, alors ? Regardez.

— Ça existe les méduses à poils, maman ?

— Mais non, le monsieur dit n'importe quoi.

L'homme hausse les épaules et reprend sa balade en direction du quai Georges V tandis que le petit Gabin court de l'autre côté de la balustrade.

— Là, maman !

— Quoi encore ? On va être en retard à l'école.

— Une autre méduse ! Mega grosse, celle-là !

— Qu'est-ce que tu racontes ?

— Entre les bateaux ! crie le garçon, la tête coincée entre les deux barres en fer de la balustrade blanche et bleue.

— Je ne vois rien, Gabin.

La mère tend la tête en direction des petits voiliers amarrés au niveau de la base nautique du quai de Lamblardie.

Une masse émerge, longue, imposante, coincée entre deux optimistes. Rien à voir avec le petit machin poilu qui flotte un peu plus loin et qui n'intéresse déjà plus le garçon.

— Tu vois, maman ?

Maman, mains sur la bouche.

— Oh mon Dieu !!

La mère de Gabin hurle trois fois "Oh mon dieu" sous le regard indifférent d'un couple qui passe à ce moment-là sur la passerelle.

— Là ! là ! insiste-t-elle en désignant les petits voiliers.

— C'est le monstre du Lokesse, maman ?

La jeune femme vacillant sur ses deux jambes est rattrapée de justesse par une ado qui s'est arrêtée à son niveau pour s'intéresser à ses gesticulations.

— Ça va, madame ?
— Il faut…
— Madame ?
— … appeler la police, il y a un corps dans le bassin.

2

Samedi 22 juin 2024, 9 h,
la Sainte-Scolasse, Paris,

Gabriella, l'œil vert cerné-chiffonné, le cheveu brun bouclé-ébouriffé s'effondre sur le zinc de La Sainte-Scolasse sous l'œil d'une Juliette blonde, fraîche et dispose.

— La nuit a été chaude, Guapa ?
— Horrible. Mes règles à 3 heures du mat', j'ai plus fermé l'œil.
— T'avais pas de *Spasfon* ?
— Le *Spasfon*, ça ne me fait aucun effet. Ça te suffit, toi ?
— Ouais, j'ai pas ce problème. Julie, en revanche, *Dolipran*, *Ibuprofen*, *Advil* extra fort, rien ne marche.
— Pareil.
— Déjà qu'elle est souvent de mauvais poil, mais là…

Une tête rousse fait son apparition une carte en ardoise dans une main, un feutre blanc dans l'autre.

— Ça complote contre moi, ici ?
— Jamais ma chérie. On aurait trop peur de s'en prendre une !

— Pfff… répond Julie en posant ses lèvres sur celles de Juliette.

Gabriella étire ses longs bras de grande fille au-dessus de sa tête puis tombe sa parka kaki. Dessous, un T-shirt blanc dont les manches remontées en débardeur laissent entrevoir, sur l'épaule gauche, une toile d'araignée à l'encre noire. Sur le tabouret de bar, à côté d'elle, une sacoche en jean d'où elle sortira, d'ici quelques minutes, comme à son habitude, un ordinateur portable.

— Dis donc, t'as la tête d'une qu'y a pas passé la nuit qu'à dormir, Bella.

— C'est pas ce que tu crois, elle a ses règles.

— Oh merde. Je compatis Gaby…

Une voix éraillée s'élève du bout du comptoir. Celle du vieux Marco.

— Les filles, quand vous en aurez fini avec vos histoires de sang, y en a une qui pourra me demander ce que je veux ?

Marco joue les impatients. Il tapote des doigts sur le *Parisien* du jour.

— On sait ce que tu veux, Marco : un double crème et ta tartine comme tous les matins de tous les mois de l'année, plaisante Julie.

— Ouais, bah, du temps de Gérard, j'avais même rien à dire. Mon p'tit déj' était déjà sur le comptoir avant que j'arrive.

— On sait, et même que c'était vachement mieux avant parce que Gérard, il avait pas ses règles, lui ! dit Juliette en glissant jusqu'à Marco pour secouer sa tignasse blanche.

— Tu m'as demandé mon consentement,

petite, avant de te permettre de me toucher la tête ?

Les filles rigolent. Les trois clients présents dans la salle aussi.

— Ah, ça vous fait rire, vous tous ? Vous savez que j'en connais qui sont traînés au tribunal pour moins que ça aujourd'hui !

— Mais oui, Marco, et même juste parce qu'ils ont souri à une nana dans la rue. On sait. On peut plus rien...

— ... dire

— ... ni faire ! scandent Gabriella et Julie en chœur.

— Y a des coups de pied au cul qui se perdent ici..., bougonne Marco trop content de se faire charrier par trois jolies pépettes.

— Allez, je t'apporte ton double et croissant, tu l'as bien mérité.

Côté bar ce matin, à La Sainte-Scolasse, pas grand monde. François, le prof de philo gominé bientôt à la retraite qui fait semblant de corriger ses copies en louchant du côté de Gabriella et des filles, Leïla, l'étudiante en Lettres modernes qui vient taper son mémoire de master tous les samedis matin et Eddy, un vieil habitué qui commande tous les jours de la semaine, dès l'ouverture, son petit blanc accompagné d'un œuf à la coq. Mélange des genres et bloubiboulga des générations depuis la reprise de l'établissement par le couple Julie-Juliette.

Le Poulpe a dit à Gabriella qu'il passerait

prendre son petit déjeuner avec elle à 9 h 15. Il n'est pas encore en retard. Rien de spécial à lui raconter, juste un rendez-vous pour parler de tout, de la pluie et du beau temps, de la météo intérieure et extérieure, en bons camarades de glande aventureuse, sur la terrasse "si le temps le permet..." Il a été optimiste. La pluie arrose non-stop toits et trottoirs parisiens depuis quatre jours.

Gabriella demande un café à Juliette et va s'installer à une table accolée à la grande vitre qui donne sur l'avenue Ledru-Rollin. De là arrivera Gabriel. Plusieurs jours qu'elle ne l'a pas vu. Au téléphone, hier soir, il parlait à voix basse.

— Qu'est-ce que tu dis, Poulpou ? J'entends rien !

— Je t'ai déjà dit de ne pas m'appeler comme ça.

— Haha !

— Non, pas "haha".

— Y a quelqu'un à côté de toi ? Tu peux pas parler ?

— ... non... pourquoi ?

Gabriella sort son ordi de sa housse pour se connecter à son blog. La connexion rame ce matin... Elle a mal dormi, c'est rien de le dire. À 1 heure du mat', quand le voisin du dessous a balancé des basses de *dub* à faire se fissurer les murs, elle s'est dit qu'elle allait se montrer aimable comme elle sait parfois le faire, elle s'est dit qu'elle allait régler les choses cordialement. Elle a surtout pensé à Tina qui l'héberge et à qui elle ne veut pas causer d'ennuis. Elle a d'abord tapé à la porte de Quentin

Beauvoir en fille civilisée, à l'aide de ses phalanges, puis, comme il n'ouvrait pas, à grands coups de poing. Elle est ensuite remontée à l'appart pour récupérer un cintre métallique qu'elle a transformé en passe-partout puis est retournée à la porte du voisin malpoli pour crocheter sa serrure. Quentin Beauvoir et ses trois camarades de promo n'ont pas eu le temps de se demander ce que faisait cette belle métisse d'un mètre quatre-vingts, pieds nus, en nuisette dans le salon. Elle s'est dirigée calmement vers l'enceinte Marshall de l'étudiant fils-à-papa et l'a éteinte. Quand le jeune Beauvoir, son joint au bec, s'est placé dans l'encadrure de la porte pour l'empêcher de sortir, elle lui a fait une clé de bras qui l'a foutu au sol en un quart de seconde et l'a maintenu sur le parquet en l'immobilisant de ses deux genoux. Quentin a pleuré sa maman sous les regards interloqués et subjugués de ses camarades d'amphi. Le dos de leur copain coincé entre les jambes nues de Gabriella ont eu un effet hypnotique sur le trio ; aucun d'eux n'a bougé. Elle n'a pas insisté ; elle avait déjà des crampes utérines violentes et n'avait qu'une envie : retourner s'allonger. Elle a quitté la petite bande sans un mot en mettant juste l'index de sa main gauche devant sa bouche pour les avertir : silence.

De retour dans l'appartement, elle n'a plus rien entendu et a pu se recoucher. Le reste de la nuit aurait pu être douce si elle avait su neutraliser ses propres règles aussi facilement que son voisin.

La mission de Gabriella ce matin : faire de la

grosse pub pour l'association de son amie Tina. Amie, c'est rien de le dire. Le mot "sororité" s'étale en Une des couv' des magazines français aujourd'hui, mais si Gabriella se sent "sœur" de quelqu'un sur cette planète, c'est bien de Tina et de personne d'autre. Une grande sœur de dix ans son aînée. Gabriella était ado quand elle l'a rencontrée et Tina est devenue en quelques semaines la mère, la grande sœur, la meilleure amie, le mentor féminin qui lui manquaient. Beaucoup plus que deux "humanitaires" bénévoles, Papa Pedro et Tina ont donné vie à Gabriella. Sans ces deux-là... Oui, probable qu'on aurait retrouvé le cadavre suicidé d'une gamine de 12 ans dans la cour de la prison autogérée de La Paz.

La connexion rame encore mais Gabriella rédige un petit laïus pour informer ses followers qu'elle sera présente au stand "Escuela Bolivia" pendant le festival "Un Havre de Paix" qui a lieu dans une semaine dans la ville du même nom.

Elle hésite entre le texte et la vidéo. Ses internautes aiment bien quand elle fait des mini capsules informatives. Parfois, les commentaires n'ont rien à voir avec le sort des enfants d'Amérique du Sud ou celui de la forêt amazonienne mais Gabriella n'est dupe de rien et encore moins des réelles motivations des abonnés à son blog. Elle a son lot de mecs (et de femmes) lourdingues qui viennent dragouiller au hasard des sites quel que soit leur contenu. Si elle enregistre aujourd'hui quelques minutes d'images, elle aura le droit à des commentaires sur ses yeux, sa bouche, ses cheveux, son sex-appeal, sa “beauté mystérieuse”, son “magnifique métissage”, et bla et bla et bla. Elle en a l’habitude. Mais tant qu’elle parvient à sensibiliser ne serait-ce que 20 % des abonnés aux causes qu’elle défend et que 10 % d’entre eux participent de temps en temps aux crowdfundings pour financer les différentes associations qu’elle relaie, elle supportera les blaireaux du net. Jusqu’à un certain point.

Tandis qu’elle finit de rédiger son texte, Léon IV, le chien de la Scolasse qui a succédé à Léon II et Léon III, vient poser sa tête de bon berger (si peu) allemand sur les genoux de Gabriella. Comme s’il avait senti que la grande fille était patraque ce matin. Est-ce que les chiens savent quand les filles ont leurs règles ? Tout contre son bas-ventre, Gabriella sent la truffe froide, légèrement humide, douce comme celle de ce petit bâtard errant venu dont on ne savait où, qu’elle avait adopté à l’âge de dix ans dans la prison. Elle l’avait lavé, nourri, choyé pendant vingt-sept jours, ils avaient dormi serrés l’un contre l’autre pendant vingt-sept nuits puis, le vingt-huitième jour, elle avait retrouvé le chiot, le ventre à l’air vidé de ses tripes dans le patio central de la prison. Balle perdue ou règlement de compte entre gangs ? Elle ne l’a jamais su. La petite Gabriella a passé le mois suivant allongée sur son lit sans ouvrir la bouche, ni pour parler ni pour se nourrir. Pedro, son père adoptif, a cru qu’il allait la perdre.

Julie sort Gabriella de ses mauvais songes.

— Bouge pas, je mets mon menu. Tu squattes où en ce moment ?

La patronne accroche son ardoise à l'aide d'une ventouse sur la vitrine. Plat du jour : ris de veau sauce morilles et sa purée maison.

— Chez Tina. Mon amie bolivienne. Dans le XIIe. C'est petit, mais c'est sympa.

— Celle qui bosse dans l'humanitaire ? Qui construit des écoles pour les enfants des rues, en Amérique du Sud.

— Entre autres choses.

— T'as vu, j'écoute quand tu me parles.

Oui, mais Gabriella n'a pas envie de parler de La Paz. De sa mère morte à sa naissance dans la prison où vivent pêle-mêle, hommes, femmes, enfants, animaux errants… Gabriella sait se taire quand il s'agit de son passé. À la Sainte-Scolasse, on n'en sait pas grand-chose et c'est mieux comme ça. Elle a bientôt 24 ans, elle vient d'Amérique du Sud, elle est orpheline, elle a été adoptée par un ami du Poulpe, Pedro qui faisait école dans la rue, elle est arrivée à Paris à 16 ans. C'est à moitié vrai-à moitié faux. Ça suffit. Elle aime beaucoup Julie, Juliette et Vlad, le cuisinier, mais n'a aucune intention de se livrer plus qu'elle ne l'a déjà fait. Le Poulpe connaît son histoire. Jusqu'à un certain point. Seul Pedro sait presque tout de son passé. Mais il a aujourd'hui 105 ans et il vit, çà et là, en Amérique du Sud.

— Tina est en Bolivie en ce moment. Je vais la remplacer au Havre. Y a un festival pour la paix là-bas, dans une semaine.

— Un festival pour la paix. Original…

— Ouais, bah, on s'en fout. Elle, ce qu'elle veut, c'est de l'argent pour son asso. Elle a un stand pendant quatre jours sur place. Des bénévoles d'*Escula Bolivia* m'y attendent. On représente l'asso, on explique les missions, on vend des T-shirts, des porte-clés, des carnets et des trousses cousues main pour financer les projets là-bas.

— Et elle s'est dit que t'avais un profil plutôt... vendeur !

— Exact. Faut ce qu'il faut, "bisne es bisne" comme on dit au Mexique.

— Hein ?

— En bon français : business is business.

— Et c'est quoi exactement cette assoce ?

— Financement de travaux d'écoles en Bolivie, mais pas seulement, au Mexique aussi, au Chili et au Venezuela. Tina y envoie de l'argent, des équipes françaises et du matériel sur place depuis neuf ans.

— Et, sur le stand, tu vas mettre ton exquise poitrine en avant : "Monsieur, pour les enfants des rues de Bolivie, restez avec nous quelques minutes que je vous explique... Madame, vous pouvez aller faire un tour pendant ce temps-là, nous nous occupons de votre mari..." mime Julie en se trémoussant contre la table en formica.

— Pfff... T'es vraiment con quand tu t'y mets... dit Gabriella en posant instinctivement ses mains sur sa petite poitrine qui la complexe.

Julie la lorgne d'un peu trop près. Gabriella rougit et tourne la tête vers la terrasse. Toutes les deux ont déjà... une ou deux fois... deux fois rien.

Un sifflement en provenance de derrière le comptoir enjoint Léon IV de quitter Gabriella. Juliette essuie un verre en fronçant les sourcils. Le message est clair. Le vieux Marco qui n'a pas perdu une miette de la scène, sourit, goguenard, sur sa chaise de bar. Et Le Poulpe se pointe avec vingt minutes de retard. Accompagné.

Son blouson a une odeur moite de cuir mouillé.

— C'est quoi ça, Gab ? interroge Gabriella en désignant l'espèce de bestiole qui s'ébroue comme au ralenti au bout d'une fine laisse en cuir violette.

— Ça se voit pas ?

Gabriella se penche pour regarder l'animal de plus près.

— Pas vraiment.

Une espèce de mini-mouton au poil blanc et frisé.

— Il n'est pas un peu bizarre ?

— Comment ça "bizarre" ?

— Son regard... Je sais pas, il m'a pas l'air très...

— ... fute-fute ? C'est le chien d'une amie...

— Et ?

— Et, je lui rends service pendant quelques jours.

— Ah, je comprends mieux...

— Tu comprends quoi, grosse maligne ?

Le Poulpe lève les épaules. Gabriella s'agenouille pour se mettre à hauteur du chien. Nul ne pourrait dire ce qu'il se passe dans la tête de la brave bête. Elle entreprend de gratouiller le sommet de son crâne ce qui a pour effet de rendre le toutou tout chose : il s'affale sur le sol pour se retourner les quatre pattes en l'air puis se met à trémousser son arrière-train sans lâcher Gabriella de son regard vide et inquiétant.

— Il veut que tu lui caresses le ventre. C'est un signe de confiance.

— C'est malaisant.

Léon IV s'approche, intrigué, pour renifler la bête, jetant de temps à autre des regards interrogatifs en direction de Gabriella qui se redresse d'un bond.

— Pas de terrasse aujourd'hui.

— Non, pas de terrasse aujourd'hui, répète Gabriel en jetant un œil vers le trottoir luisant.

Le Poulpe lui aussi semble n'avoir pas bien dormi, il a un air que Gabriella lui a rarement vu. Un air un peu niais. Pas autant que le chien, mais quand même.

Il s'assied en face d'elle après avoir posé son blouson sur le dossier de sa chaise. L'animal à leurs pieds n'a pas changé de position mais semble à présent endormi, à ceci près que ses gros yeux globuleux restent grands ouverts sur le néant. Léon IV, comprenant qu'il ne pourra rien tirer du corniaud, rejoint son comptoir.

— Comment il s'appelle ?

— Jupiter.

— Haha ! C'est une fan de Macron ?

— Qui ?

— Ta copine.

— T'as un truc contre les chiens ?

— Non, rien, dit Gabriella en se rembrunissant. D'où je viens, y a des milliers de chiens errants. Ils sont à personne et à tout le monde. Ce qui est sûr, c'est qu'on ne les tient pas en laisse.

— ...

— Surtout pas en laisse violette à strass, poursuit-elle pour le dérider.

Ça ne marche pas. La tête de Gabriel continue de s'allonger. Elle se jette sur lui pour lui coller un gros baiser sur le front.

— T'es trop drôle quand tu fais la tête, Poulpou !

Le grand Poulpe n'a pas le temps de s'énerver, Marco se pointe Le *Parisien* du jour à la main.

— Dis, la Brésilienne, c'est pas ça le truc dont tu causais tout à l'heure ?

— Je t'ai déjà dit, Marco : je ne suis pas Brésilienne.

— Oh ça va, c'est pareil, Mexicaine, Brésilienne...

— ... Italien, Belge, Français...

— Ah non, hein !

— Laisse tomber, Marco. C'est quoi ton papier ?

Il ouvre grand le journal sur une page qui titre :

"MISTER PAIX" RETROUVÉ NOYÉ DANS LE BASSIN DU COMMERCE DU HAVRE A DIX JOURS DU FESTIVAL "UN HAVRE DE PAIX"

— Mister Paix... c'est qui ça ? demande Gabriel.

— Le directeur du festival *Un Havre de Paix*. C'est son surnom dans le milieu.

— Dans le milieu ? La pègre ? Ironise Gabriel.

— De la culture, de la littérature...

— C'est quoi ces conneries de "Havre de Paix" ?

— Je devais y aller pour tenir un stand... Ma copine, Tina.

— Celle qui bossait avec Pedro du temps de...?

— C'est ça, stoppe Gabriella, avant que Gabriel ne se mette à digresser sur son enfance et tout le tintouin.

— Ça tombe à l'eau on dirait ! PLOUF ! s'esclaffe Marco.

— C'est que t'as mangé un clown, aujourd'hui.

— Et toi, tu t'es vu avec ton toutou à sa maman, Le Poulpe ? Tout part en cacahuètes dans ce café depuis que Gégé est parti.

Gabriella arrache le journal des mains de Marco et lit à voix haute :

"... ce que le petit Gabin, 5 ans, a d'abord pris pour une méduse s'est avéré la perruque appartenant au corps repêché quelques mètres plus loin à 8 h 45, au niveau du ponton de l'école fluviale du Bassin du commerce..."

"... la veille, Marcus Gody avait quitté son foyer aux alentours de 18 h 30... la dernière personne à lui avoir parlé est sa fille, Brune, 14 ans, qui, ne voyant pas revenir son père a alerté, à 20 h, sa mère, Isabelle Gody, chargée des collections au MUMA..."

"... Une enquête est en cours, mais tous les éléments penchent du côté d'une glissade aussi tragique que banale..." "... vents à plus de 80 km/h, quais inondés..." "Reste à savoir ce que faisait le directeur du festival Un Havre de Paix, un soir de tempête, sur les berges du Bassin du commerce alors qu'il devait, selon les dires de sa fille, récupérer un document au siège de son

association "Lire au Havre" située dans le quartier Danton à 1.7 km de là..."

— C'est bien fait quand même ces trucs... dit Marco, songeur.

— De quoi tu parles ?

— Ces perruques, là... Regarde le mec, Marcus Machin, sur la photo, on dirait ses vrais cheveux. C'est bien foutu, hein. C'est comme s'ils avaient retrouvé son scalp...

Gabriel, las, hausse les épaules.

— Le festival est annulé ?

— Je cherche... Pour le moment, pas d'info à ce sujet. Faut que je prévienne Tina, mais elle est au milieu de la forêt amazonienne en ce moment...

— J'ai un vieux pote au Havre, annonce Gabriel.

— Un docker ?

— Pourquoi un docker ?

— Je sais pas. J'ai pas vu beaucoup de films sur le Havre mais à chaque fois, c'était des histoires de dockers.

— Francis vend des livres et des disques d'occasion. Boulevard de Strasbourg, si je me souviens bien. Ça fait une paie que je l'ai pas vu. Je sais même pas si sa boutique existe encore.

— Ça te dirait d'aller le vérifier sur place ?

— Mais, si ton plan Havre est *kaput*... ?

— J'ai envie de voir la mer. Je ne connais pas Le Havre.

— Et t'as envie de te dégourdir les pattes vers le Bassin du commerce. Je vois, dit Le Poulpe en souriant.

Pendant ce temps, quelque chose s'agite sur les carreaux blanc et noir de la Sainte-Scolasse : le bichon frisé aboie trois fois dans son sommeil en pédalant dans le vide. Gabriella n'a plus mal au ventre.

Il aime les mouettes, Jupiter ?

3

Lundi 24 juin 2024, 20 h,
Chez Tina, Paris XIIe

Esto es una bala.
Mírala bien.
Ponla en medio de tus labios.
Puede defenderte o matarte en un segundo.
Cierra los ojos y piensa
en los días que se acaban
como una bandada de águilas ciegas.

Ça, c'est une balle.
Regarde-la bien.
Mets-la entre tes lèvres.
Elle peut te défendre ou te tuer en une seconde.
Ferme les yeux et pense
aux jours qui s'achèvent
comme une volée d'aigles aveugles.

D'habitude la plupart des messages privés qui arrivent sur son blog, sont nuls, plats, cons comme des phrases copiées-collées pour une pêche au gros sur les réseaux sociaux. Mais là… ça sonne autrement. Et c'est signé *Fuego*.

Fuego ?

Gabriella relit le texte. Un poème simple fait de mots simples qui s'achève sur une vision d'aigles aveugles. Et Gabriella ne saurait dire pourquoi, mais cette image l'effraie. Plus que la balle des premiers vers.

La nuée d'étourneaux qui passe au même moment au-dessus des toits du XIIe arrondissement parisien à l'heure du chien-loup prend l'espace d'un instant la forme d'un couteau papillon qui se déploie juste avant de faire mal.

4

Mercredi 26 juin 2024, 11 h 45

La voiture 3 du TER Paris-Le Havre est tranquille. Deux voyageurs, casque sur les oreilles, regardent leur smartphone, concentrés, dans la rangée voisine, pendant qu'un autre ronfle la bouche grande ouverte juste derrière Gabriella et le Poulpe. Elle se retient depuis dix minutes de lui pincer le nez.

Du tourisme au Havre ? Ça a fait rire les Juju de la Scolasse : c'est moche, c'est gris, c'est venteux et pluvieux la moitié de l'année. La dernière destination de vacances à laquelle elles songeraient pour se dépayser. Gabriella n'a pas d'a priori négatif ou positif. Elle a à peine googlisé la ville, elle préfère la découvrir en direct. Elle sait juste que le centre culturel et la médiathèque en forme de volcans ont été créés bien avant qu'elle ne naisse, dans le milieu des années 70, par le Brésilien Oscar Niemeyer qui fabrique des structures en béton blanc. C'est Marco qui lui en a parlé. "Toi qui viens de là-bas, tu vas kiffer Le Havre". "Non, Marco, je ne suis pas Brési... laisse tomber...". Elle n'est pas en grande forme. Et ça n'a rien à voir avec ses règles. Elle n'est pas parvenue à contacter Tina, comme elle s'y attendait. Quand elle s'exile dans la forêt, elle n'est plus connectée pendant plusieurs semaines. Ses missions l'éloignent du monde connu de la masse humaine et la rapprochent des araignées-scorpions, des mygales et des grenouilles à pointe de flèche. Pourtant, entourée de ce bestiaire, Gabriella la sait plus en sécurité que dans les grandes métropoles grouillant de mille pièges et guet-apens. Ce n'est pas ça qui l'inquiète. Depuis lundi soir, *Fuego* a envoyé de nouveaux messages, toujours en espagnol, qui, mis bout à bout, semblent former un seul poème.

Au dernier,

Piensa en los ritos ahogados por la luz,
en los besos que fueron dardos en tu infancia,
en la morfología de árboles fantasmas,
en las palabras que no entiende la piedad,
en los dibujos de diesel
que se agrandan en los charcos
como un pequeño Apocalipsis.

Pense aux rites noyés par la lumière,
aux baisers qui furent des fléchettes dans ton enfance,
à la morphologie des arbres fantômes,
aux mots que la pitié ne comprend pas,
aux dessins de diesel
qui s'agrandissent dans les flaques d'eau
comme une petite Apocalypse,

Gabriella a répondu par un simple point d'interrogation et elle n'a plus besoin d'en relire les lignes qu'elle connaît par cœur. Ça épatait Papa Pedro, cette capacité à tout retenir avec autant de facilité, quand il lui faisait classe à La Paz. Une ligne lue était sue pour toujours. Le revers de la médaille, c'est que son esprit lui semble depuis l'enfance en surcharge. Elle a parfois l'impression de devoir vivre avec un tas d'encombrants en constant déploiement dans une partie de son cerveau.

Pense aux rites noyés par la lumière,
aux baisers qui furent des fléchettes dans ton enfance...

Elle n'ose pas ouvrir son ordi pour aller voir si Fuego a écrit. C'est idiot, car la boîte de Pandore est à moitié ouverte à présent, c'est déjà trop tard. Il n'aurait pas fallu cliquer sur "ouvrir le message" lundi soir.

Sur le siège voisin, côté couloir, Le Poulpe sort un livre de sa besace. Jupiter n'est pas du voyage. Il a retrouvé sa maîtresse, qui semble être aussi celle de Gabriel, mais comme PapaPoulpe joue les mystérieux, Gabriella n'en sait guère plus.

Elle essaie d'étendre ses longues jambes sous la tablette du petit espace-duo et penche la tête pour lire ce qui est écrit sur la couverture blanche.

Violaine Louise. *Humus et plaies*.

De la poésie encore ? Sous le titre, une sorte d'aquarelle représente un arbre dont le tronc s'ouvre en une fente large d'où surgit un oiseau ensanglanté.

— "Houmous" ? prononce Gabriella qui a parfois du mal avec certains mots français.

— "Humus" précise Gabriel. C'est comme ça qu'on appelle la terre résultant de la décomposition des végétaux.

— Et pourquoi "plaies" ?

— Je n'ai pas encore lu le recueil mais je crois que c'est un recueil de poèmes sur le corps féminin et la nature.

— Je peux voir ?

Gabriella ouvre le livre au hasard et lit à mi-voix comme pour elle-même.

Je suis l'humaine qui va
sur le sentier de la vie
l'âme de la forêt
ouverte sur
le trouble
sang
humus
tremblement
clouée au sol

douleur
ô douleur

— C'est français, ça : "Je suis l'humaine qui va" ?

— C'est de la poésie, Gabriella.

— Et ?

— Et, en poésie on fait ce qu'on veut. C'est le genre libertaire par excellence. Il ne t'a rien appris, Pedro ?

— Si, mais il me lisait des poètes sud-américains et ça ne ressemblait pas à ça. Tu t'intéresses au rapport du corps féminin à la nature, maintenant ?

— Pourquoi pas.

— Oui, pourquoi pas. Ça a l'air un peu... chiant, non ?

— C'est toi qui est chiante, ma petite !

Gabriella rit en rendant le livre à Gabriel qui a eu le temps de poser sur son nez des lunettes à grosses montures noires.

— T'as des nouvelles lunettes, Poulpou ? Montre.

— Chiante... c'est rien de le dire.

— Allez, tourne-toi !

— Pire que Charlotte Gainsbourg dans *L'Effrontée*.

— Connais pas.

— Laisse tomber.

Gabriel montre un visage chafouin à Gabriella qui sourit. Gentiment.

— Ça te va bien. Non, c'est vrai, les montures un peu épaisses comme ça... Ça te donne un côté...

— Quoi ?

— Intello… Écrivain !

— Je connais des écrivains qui sont loin d'être des intellos… Tu vas t'en rendre compte par toi-même cette semaine.

— N'empêche, tout ça… les lunettes, le chien, ton livre de "humus"… C'est chelou.

— Elle sera présente au Festival.

— Qui ? Ta chérie ?

— Mais non. Violaine Louise. L'autrice.

— Tu dis "autrice" ?

— On ne dit pas "autora" en espagnol ?

— Si.

— Bon, alors, où est le problème ?

— Ça va, t'énerve pas, PapaPoulpe.

— Arrête avec tes surnoms débiles… dit Gabriel en se retournant pour zieuter en direction des sièges alentour, on va finir par me prendre pour ton *Sugar Daddy*.

Mais ça fait longtemps que personne n'entend plus rien parce que tout le monde se fout de la vie de tout le monde dans les trains ou ailleurs, et, pendant que Gabriella sort son ordinateur de sa sacoche en denim, Gabriel ouvre une page du recueil marquée par un signet. Il le referme au bout de quelques minutes non sans avoir levé la tête au plafond à trois reprises comme pour méditer le sens (ou l'esthétique ?) des quelques lignes parcourues.

— Je vais pisser, conclut-il. Et après, faut que je te parle de quelque chose à propos de Mister Peace du Havre.

Moi aussi, il faut que je te parle d'un truc, pense

Gabriella. Mais la phrase ne sort pas. Instinctivement, elle tâte le petit sac à dos posé à ses pieds pour y sentir l'un des deux objets dont elle ne se sépare jamais quel que soit le voyage entrepris : la Pachamama de son enfance, statuette grande comme un pouce, taillée dans une branche de *tabijo*. De l'endroit précis où Gabriella a posé sa main pour retrouver la forme du fétiche émane une chaleur étrange. Elle retire précipitamment ses doigts comme s'ils risquaient de brûler au contact de l'objet. Tina le lui a offert juste avant son départ pour Paris quand elle a quitté San Pédro. Ça et le couteau-papillon qui ne la quitte pas depuis son dixième anniversaire, ce sont les deux seules choses qu'il lui reste de la prison. Avec quelques souvenirs...

Son amie lui manque plus que d'habitude. Elles ont souvent été séparées, parfois même pendant de très longs mois mais cette fois, Gabriella se sent comme abandonnée. C'est bête, car Tina sera de retour dans quinze jours. Cet appart parisien est une aubaine. Tina vivait en banlieue, il y a encore six mois. Vu le montant des loyers parisiens, Gabriella ne comprend toujours pas comment elle a les moyens de louer même un petit F1 dans le secteur... Elle lui a posé la question à deux reprises, mais Tina a éludé.

Derrière Gabriella, le ronfleur gémit des mots incompréhensibles dans son sommeil. Mais elle jurerait entendre "*... dessins de diesel...*" "*... dans les flaques d'eau...*"

— Je te disais. Francis, mon pote, il a peut-être des choses à nous apprendre sur la noyade de ton Marcus Gody, dit Le Poulpe en resserrant la ceinture de son jean.

Ah oui, c'est vrai, Marcus Gody... Tina lui en a un peu parlé avant de partir pour l'Amazonie. À peine. "Tu verras peut-être Mister Peace... Il passe toujours saluer les bénévoles au stand. Ça ne mange pas de pain."

Et ça ne risque plus.

5

Mercredi 26 juin, 18 h 30
L'Impromptu, Le Havre.

Francis met sa main derrière son oreille droite et tend le cou vers Gabriel. *L'Impromptu* est très bruyant à cette heure de la journée. C'est l'un des bistrots havrais les plus fréquentés près des Halles. La clientèle, dit Le Poulpe, ressemble à celle qu'il a connue à la Sainte-Scolasse du temps de Gérard : une majorité de gars d'un certain âge — de son âge — des habitués qui se lancent de gentils scuds et en font parfois des tonnes quand une jolie femme surgit dans le décor. Quand Gabriella a poussé la porte en sa compagnie, il y a à peine une heure, les têtes se sont tournées. Elle ne fait pas dans le type normand. Avec son mètre quatre-vingts, son teint mat, ses yeux vert clair, ses cheveux longs et bouclés sur des épaules menues mais musclées, sa toile noire sur l'épaule, son débardeur et son treillis kaki, ses *Dr Martens* violettes... Sa silhouette détonne dans le décor. Et quelques têtes sont bien restées en suspens plusieurs secondes avant la reprise de la lecture du quotidien *Le Havre* ou avant la reprise de rien du tout. La plupart de ces hommes passent des heures vissés à une table, toujours la même, devant un demi ou un café, rêveurs, le regard s'attardant à peine sur l'écran suspendu au-dessus du comptoir dans lequel Mylène Farmer déclare qu'elle est libertine, qu'elle est une catin, depuis plus de 40 ans et fait le pont entre le monde d'avant et celui d'aujourd'hui.

— Marcus Gody, le Parigot... Je le connais de réputation, comme tout le monde. Un peu plus que tout le monde : Béa, ma compagne, a bossé un temps avec lui. Mais un festival de littérature consacré à la paix... Qui s'intéresse à l'organisateur ? On y emmène les enfants quand on ne sait pas quoi faire le week-end, y a tout un barnum de garderie avec des espèces de grandes tentes, de yourtes pour gosses, ça libère les parents, ça les laisse libres d'aller acheter des bouquins et faire la queue pour une signature, et puis ça apporte un peu d'animation dans la ville une fois dans l'année, au printemps. On peut pas dire que ce soit révolutionnaire...

— C'est fréquenté ?

— Oui, pas mal. Y en a pour tous les goûts. Littérature, poésie, spectacle vivant, cirque... Ça se veut "populaire", mais ça concerne essentiellement un public de profs et de cadres moyens sup', des têtes blanches... Ils peuvent voir de près les stars littéraires du moment pendant quatre jours... Une petite affaire qui roule depuis cinq ans. Qui roule très bien d'ailleurs. Ça fait grincer quelques dents dans le monde associatif. Mais je vous emmerde avec mes histoires, non ?

Gabriella secoue la tête en souriant.

— Jeune fille, tu fais quoi au Havre, avec l'ami ? demande Francis.

— Pendant que vous faites la causette, je vais aux chiottes, les enfants.

Décidément... PapaPoulpe a la vessie qui rétrécit ou quoi ?

— La prostate, Gab ? Ça fait deux fois que tu vas aux WC.

Le Poulpe, de dos, baisse toutes ses phalanges excepté son majeur droit par-dessus son épaule.

— La quoi ?

— Ça ne te concerne pas du tout, jeune fille. Alors, Le Havre ?

— Je suis bénévole sur le stand d'une assoce humanitaire pendant le festival.

— Tu rends service.

— Je rends surtout service à une amie... qui rend service à plein de monde.

— Bref, t'es de la génération consciente, engagée, non genrée, qui fout le bourdon aux vieux schnocks comme nous ?

— Des vieux quoi ?

— "schnocks" : idiots, fous, imbéciles !

Gabriella se contente de sourire. Elle a l'impression de n'avoir jamais fréquenté que des "vieux". Schnocks ou pas. Elle a peu de copains ou de copines de son âge. Tina, c'est autre chose, une autre dimension. Pas une simple copine. Elle donnerait sa vie pour elle. Quant à la génération consciente, engagée, non genrée... Bof. Gabriella taille sa route. Le pote de Gabriel a l'air sympa mais elle a du mal à s'intéresser à la conversation.

Pense à ton pays comme à un nid de guêpes,
à la maison où tu as dû vivre, à celle que tu n'as pas,
à ton travail qui te donne à peine de quoi vivre une vie
et pas les autres, celles qui te passent par la tête juste après un accident.

Tout à l'heure, elle a reçu des nouvelles de Bolivie : un coup d'État tout frais du jour. Des militaires en armes et des véhicules blindés ont pris position devant la présidence de La Paz. Le soulèvement a duré quelques heures avant que les troupes de Juan José Zúñiga ne battent en retraite. Quatorze civils ont été blessés par des munitions tirées par des soldats, alors qu'ils tentaient de repousser le soulèvement. En France, ce week-end, on vote parce que le président a dissous l'Assemblée nationale “en vertu de l'article 12 de la Constitution”. Il paraît que ça s'appelle la démocratie. Il paraît qu'il veut donner la parole aux Français et qu'il va les écouter.

— Je sais qui pourrait vous renseigner si l'affaire vous intéresse tous les deux.

La phrase de Francis la fait sursauter. Gabriel est de retour.

— Je ne sais pas si elle m'intéresse vraiment cette histoire de Monsieur-paix-trop-propre-sur-lui... dit-il en se rasseyant. Ma visite au Havre, c'est juste l'occasion qui fait le larron.

— C'est moi, le larron ?

— J'ai pas résisté à l'envie de te revoir, mon pote ! Ça fait longtemps... dix ans, douze ans ? J'ai pas su dire à Gabriella.

— 2013 : le concert de *Little Bob Blues Bastard* au Pierrequiroule.

— Putain, oui...

— T'étais venu avec Cheryl. Elle va bien ?

— Elle est morte.

— Oh...

— Cancer du sein... Et toi, tu vivais seul à l'époque. Après ton divorce d'avec Véro.

— Je vis avec Béa, maintenant. Dans sa maison à Graville. J'habitais au-dessus du *Feu sacré* quand t'es venu.

— *Le Feu sacré*, sa boutique, dit Le Poulpe à Gabriella, on y passera avant dimanche.

— En tout cas, pour le mort, c'est Béa qui pourra vous renseigner. Elle a bossé un an dans le staff de “Lire au Havre”, l'asso fondée par Marcus Gody à son arrivée ici.

— Elle fait quoi, ta Béa ?

— Elle est bibliothécaire, à la bib municipale, vous voyez le petit *Pot de yaourt* ? Non ? C'est pas grave. Elle participait à la sélection des auteurs invités au festival, au lien avec les établissements scolaires du Havre, à l'accueil des artistes, et tout le bazar. Le Marcus Gody en question ne ressemble pas tout à fait au portrait qu'en fait la presse d'ici. Surtout ces derniers jours.

— C'est toujours louche ces hagiographies...

— Le bonhomme avait une certaine idée du management... Si vous voulez, on peut se donner rendez-vous demain soir à la cafèt' des Jardins suspendus. C'est le lancement du festival et y aura un concert "musiques du monde". C'est pas ma tasse de thé mais Béa aime bien... À défaut de bonne musique, y a un super panorama pour découvrir Le Havre d'en haut, depuis Sainte-Adresse.

— Ça tombe bien, je dois aller aux Jardins en début d'aprèm demain pour installer le stand de l'asso, enchaîne Gabriella.

— Parfait, jeune fille ! Pourquoi tu regardes ta montre, toi ? T'as mieux à faire que reprendre une bière après dix ans sans me voir ? Tu ne vas pas nous refaire le coup des WC quand même ?

— J'ai un coup de fil à passer. Je reviens.

Gabriel s'éloigne pour tapoter sur son vieux Nokia, la main sur une oreille pour échapper au bruit de fond. Il se dirige vers la sortie.

— Et toi, Gabriella, elle t'intéresse, cette affaire de fausse méduse dans le Bassin du commerce ?

— Possible... J'aime bien les énigmes et ce Marcus Gody, il me fait penser à ces gars qui venaient parfois à La Paz quand j'étais petite.

Gabriella regarde Francis et semble hésiter à poursuivre, mais il la rassure :

— La prison où t'as grandi ? Gabriel m'en a un peu parlé...

— Y avait de tout là-bas, dans le staff humanitaire, des gens bien, des mecs douteux... Tu sais jamais trop ce qui les motive. Même quand ils sont très sympas. Souvent je me disais : mais ils n'ont pas une famille, des enfants à eux ? Pourquoi ils viennent jusqu'ici pour s'occuper de nous ? Y a pas de problèmes à régler chez eux ? Ça me paraissait bizarre. Quand je suis arrivée à Paris à 16 ans, j'ai vu tous ces gens sur des cartons dans la rue, ça m'est revenu...

— On peut s'occuper des pauvres d'ici et d'ailleurs, ça n'empêche...

Gabriella reste silencieuse quelques secondes. Elle lève ses yeux verts-gris sur l'ami de Gabriel.

— Tu t'es jamais demandé ce qui poussait les gens à sacrifier leur temps à s'occuper des autres ?

— Non, pas vraiment...

— Moi si. Tout le temps. Et tu sais à quelle conclusion j'en suis arrivée ? Ça leur sert la plupart du temps à sauver leur propre peau. Si tu leur enlèves ça, leur monde s'écroule. Ils se sentent comme des merdes. C'est le malheur des autres qui les aide à tenir. Un monde sans malheur ? Leur vie devient absurde. Ils ont tout intérêt à ce que ça perdure.

— C'est un peu pessimiste comme vision du monde, non ?

— Laquelle de vision du monde ?

— T'es sans doute mieux placée que moi pour parler de ces choses, Gabriella...

— Je ne sais pas. C'est juste des pensées que j'ai.

— Y a quand même bien des figures indéboulonnables si on cherche un peu...

Le menton coincé entre le pouce et l'index, Francis réfléchit deux secondes.

— Tiens, l'abbé Pierre ! Personnalité préférée des Français !

— C'est vrai que ça ferait bizarre à tout le monde d'apprendre des trucs tordus sur lui, admet Gabriella.

— Ah, tu vois ! Il fait quoi notre Poulpe ?

Gabriella et Francis le cherchent du regard dans le bistrot mais Gabriel est dehors, sous la pluie, le téléphone collé à l'oreille avec cet air mi-nigaud-mi-béat qui ne le quitte pas depuis que Gabriella l'a retrouvé à La Scolasse samedi dernier.

— T'as vu sa tête ? interroge Gabriella en souriant.

Francis se tourne vers la grande vitre qui donne sur la place des Halles.

Il a une belle nuque, se dit Gabriella qui commence à se réveiller un peu. Et j'aime bien sa casquette de marin. Même si ça fait un peu cliché de bord de mer.

— Je connais cet air. Notre Gab est amoureux, nom de nom ! Ça se fête !

— Il s'appelle comment le patron, déjà ?

— Gus.

— GUS ! Deux *Saint-Joseph* ! crie Gabriella en montrant sa bouteille de bière vide en direction du comptoir. J'aime bien la bière, mais ma boisson préférée, c'est le *Singani*.

— Le quoi ?

— Une eau-de-vie bolivienne, à base de muscat d'Alexandrie.

— Ça a l'air chouette mais j'pense pas qu'ils aient ça ici.

Francis prend un petit temps pour la regarder. Il a de beaux yeux noirs. Oui, vraiment, le pote de Gabriel est un beau mec. Un peu vieux pour elle, c'est tout. L'âge de PapaPoulpe, quand même.

— T'es une drôle de fille, Gabriella. Tu ne ressembles pas aux gamines de ton âge... Enfin, je veux dire... Bref, c'est un compliment ! Viens me voir à la boutique, avant votre départ. Je te montrerai quelque chose.

Les filles de son âge, qui est-ce ? Gabriella n'en fréquente pas et ce qu'elle en voit sur le net ne lui permet pas de se faire une idée bien précise de sa génération. De la militante LGBTQIA+ à l'influenceuse "mode & maquillage", il y a toute une gamme de nuances qu'elle n'a pas pris le temps d'explorer. Et lui, Francis, que sait-il des filles d'aujourd'hui ?

Le Poulpe rejoint leur table, trempé et ravi. Au bout de ses longs bras, sa casquette grise est à tordre.

— Je paie ma tournée !

— T'as gagné le gros lot ?

Gabriel se tourne vers la baie vitrée de *l'Impromptu*.

— C'est marrant, vous avez remarqué ? La pluie, ici... Elle mouille sans mouiller...

Francis et Gabriella n'ont pas besoin de se regarder pour éclater de rire en duo. L'amour, ça fait des dégâts, mais ça fait plaisir de voir leur Poulpe dans cet état.

— C'est ça, Gabriel. Et il fait aussi beau plusieurs fois par jour. Et les mouettes dansent les claquettes sur le parvis de l'Hôtel de ville !

Et le smartphone de Gabriella vibre sur la table. Elle s'en saisit immédiatement. Ce qu'elle lit fait passer ses yeux de vert-gris à gris-vert. Il lui semble entendre un cri de mouette au loin. À moins que ce ne soit un cri d'aigle dans sa tête.

6

Jeudi 27 juin, 20 h 30
Jardins suspendus de Sainte-Adresse.

Isabelle Gody tapote à plusieurs reprises du bout de ses ongles rouges l'extrémité de son micro-pupitre. Elle se tourne vers le régisseur qui tripote sans ongles rouges et sans succès les boutons et les curseurs de sa console. L'assemblée réunie perçoit un petit vent de panique du côté des organisateurs qui gesticulent autour de la régie. L'un fait des grands moulinets dans le vide tandis que l'autre dodeline de la tête d'un air contrarié derrière le technicien qui hausse les épaules et semble proférer des jurons. Gabriella, au premier rang des spectateurs, attend le lancement des festivités. On lui a donné en début d'après-midi, à son arrivée, comme à tous les bénévoles, un badge : sur fond bleu ciel, une colombe de la paix tient dans son bec un rameau d'olivier sur lequel est inscrit son prénom en lettres majuscules.

Mme Gody commence à s'impatienter. Qui pour lui en tenir rigueur alors qu'elle honore le festival de sa présence active et dévouée. Sans elle, l'événement aurait-il été maintenu ? La veuve est en noir. La veuve est en beauté avec sa petite robe simple mais seyante coupée dans un tissu satiné qui met en valeur l'arrondi des hanches et la finesse de la taille. Dressée sur des escarpins vernis, Isabelle Gody, cheveux mi-longs pris dans un foulard rouge savamment noué sur une nuque gracile, s'apprête à prendre la parole.

La nuit tombera dans une trentaine de minutes sur les Jardins suspendus de Sainte-Adresse. Le site créé sur les vestiges d'un fort militaire devenu jardin botanique a été choisi par Marcus Gody, il y a cinq ans de cela, pour son point de vue exceptionnel sur la ville du Havre, le port, la plage et la Manche. Le spot idéal, le théâtre des opérations parfait pour lancer de grandes manœuvres artistiques. À proximité des serres de collection, une scène couverte se dresse afin d'accueillir les groupes de "musique du Monde". Tous joueront ce soir pour LA PAIX. Tous feront LA PAIX. Tous seront LA PAIX.

THE PEACE.
ملسلا
LA PACE
平和
DER FRIEDEN
LA PAZ

Le mot est inscrit en lettres majuscules sur tous les murs du Havre. Et chaque fois que Gabriella lit LA PAZ sur les affiches et les banderoles, cela la renvoie bien ailleurs, à son lieu de naissance qui n'avait rien d'un "Havre de paix" qui n'avait rien à voir avec la paix tout court. Elle regarde autour d'elle ces gens heureux, gais, qui ont toutes les raisons de l'être et qui, depuis une heure, passent du jardin des Robinsons au jardin austral - quand ce n'est pas celui d'Asie orientale - en attendant l'ouverture officielle. Leur candeur amuserait presque l'ex-fille des gangs qui, pour sauver sa peau, pour vivre "en paix", a souvent dû préférer la rixe à la concorde, la raclée à la trêve. Et y a parfois pris du plaisir. Ce qu'elle ne tentera d'expliquer à personne ici ce soir.

Un bruit de larsen provoque des cris d'épouvante dans le public. Gabriella se bouche les oreilles. Le visage d'Isabelle Gody se tord de douleur et son corps se penche comme pour se débarrasser de la sensation. Quand elle se redresse, c'est pour fusiller du regard le régisseur transpirant derrière sa console lunatique. Petits moulinets de l'index : l'homme lui enjoint de faire un nouvel essai-son.

— 1-2-3. 1-2-3. Vous m'entendez ? Vous m'entendez.

Pouce levé du côté du son. Cri de mouette.

" Bonsoir chers amis,

Chères am.I.E.S,

Je ne serai pas longue car vous êtes venus ce soir pour entendre la paix chantée, la paix fêtée, célébrée, par nos musiciens et chanteurs du Monde. J'ai assisté aux répétitions : je vous promets un spectacle de qualité, de joie, de vibrations. De vie !

Oui, de vie… (Pause). Et, à l'instant présent, je sais à quoi, à qui tout le monde pense. Marcus est… (Pause émue)… Marcus *était* un artisan de la paix. Oui. (Pause longue émue). Lui, si discret, si humble, si désintéressé, n'avait qu'une aspiration, une seule : œuvrer pour le bien d'autrui. (Pause-repause). Œuvrer pour le bien commun. Oh, je sais, d'aucuns ironiseront en entendant cette expression et pourtant…"

Cris de mouettes.

Gabriella regarde le ciel. Madame Gody lève des yeux inquiets vers le public, repositionne une mèche échappée de son foulard et redresse le col cygne du micro.

"… depuis que je le connais, Marcus n'a poursuivi qu'un objectif : rendre le monde meilleur. Et, réunir les êtres, tous les êtres, quelles que soient leurs différences, quels que soient leurs différends. Seul, pendant de longues années, il s'est acharné à construire son empire de la paix, de l'altruisme et de l'humanisme. Un empire sans frontières, sans roi, sans sujets… Nous sommes là, tous ensemble, en cette magnifique soirée de juin, pour les célébrer, lui et son œuvre."

Cris de mouettes plus stridents que les premiers – Isabelle se fige – signe de la main en direction des coulisses. Petite agitation dans l'auditoire.

"Mais mon mari n'aimait pas les honneurs. Il aurait détesté m'entendre parler ainsi de lui en public."

Une jeune fille arrive du bout du plateau – Isabelle lui dit quelques mots à l'oreille en pointant l'auditoire du menton – la jeune fille repart en trottinant.

"Tant pis. Il n'est plus là pour me faire les gros yeux."

Petit rire séduisant.

Cris de mouettes bis bis bis – Isabelle, tics nerveux de la bouche.

"Ma fille, Brune, ici présente..." (deux mains jointes en direction du premier rang et mouvement de révérence), l'espace d'une seconde, Gabriella a l'impression d'être désignée mais, tournant la tête vers sa gauche, voit de profil une adolescente toute en noir, cheveux longs et raides, à l'air triste. Triste ou en colère. Les deux.

"... Brune et moi, avons vu naître la détermination de Marcus à faire du Havre – notre ville d'adoption, notre ville tout court aujourd'hui – un lieu, LE lieu, du dialogue, de l'ouverture, et, n'ayons pas peur des mots – car les mots sont nos compagnons de route – de l'Amour, avec un grand A..."

Et de l'Ennui avec un grand E... Gabriella bâille un bon coup. Les longs discours l'ont toujours assommée. Elle doit rejoindre Gabriel dans quinze minutes à la cafèt' du "jardin des poètes". Il sera accompagné de Francis et de sa femme, Béatrice, "qui a tant à leur raconter" au sujet de Monsieur Paix.

"Marcus a voulu redonner à cette ville son sens premier de havre de Paix. Depuis cinq ans, avec ce festival pour la paix, pour la littérature, le Havre a trouvé son parrain, son ouvrier de la Paix. Mais quel plus bel hommage à l'humanité que ce qui va suivre..."

La voix d'Isabelle Gody tressaille d'émotion. Gabriella d'où elle est, voit deux veines bleues verticales se gonfler sous son front hâlé. Elle s'en fait la réflexion : Mme Gody est singulièrement bronzée pour une Havraise...

"Car avant la musique, les vers, les chants d'amour sur cette scène, Marcus a pensé à..."

Cris de mouettes répétés, de plus en plus forts, couvrant presque la voix de la veuve Gody. Dans la fosse, des agents de la sécurité, brassards orange autour des bras, bousculent les premiers rangs pour se glisser dans la foule compacte.

"... C'est une idée de Marcus... Quelques jours avant le... (pause tremblante – yeux mouillés)"

Isabelle Gody s'accroche à son pupitre. La jeune bénévole arrive avec une boite à mouchoirs que la veuve noire repousse lentement d'une main. La jeune fille repart d'où elle est venue en courant. Le mascara d'Isabelle Gody coule un peu. Ça lui donne un genre.

"Quelques jours avant cette horrible soirée de tempête... Marcus me parlait encore de ce qu'il aime... (pause) de ce qu'il *aimait* à nommer « le geste poétique ». Oui, le geste parfois sait remplacer le mot... Alors, assez de verbe, assez de mots, place à la lumière avec un grand L, la lumière de la paix qui bientôt dardera ses rayons sur le monde, éclairera les hommes, les animaux, la nature de sa puissance évocatrice... PLACE À..."

Isabelle, les deux bras tendus en l'air, regarde en direction des projecteurs et du ciel de nuit nuageux. Le public retient son souffle. Gabriella imagine : un grand PEACE en feu d'artifice ? Un avion traînant une banderole "La paix, c'est mieux que la guerre" ?

"À... !"

Isabelle fixe le haut de la scène couverte tout en jetant des regards furtifs en direction des coulisses. La bénévole toujours plus en sueur vient glisser un mot à l'oreille de Mme Marcus Gody qui la chasse d'un discret mouvement agacé.

"Un petit incident technique... Mais il semblerait que tout va revenir..."

Gabriella regarde de nouveau l'heure. Il est temps de rejoindre Francis et Gabriel. Mais un bruit aussi étrange qu'indéfinissable provenant des coulisses fait sursauter tout le monde au moment où elle s'apprête à fendre l'assemblée pour rejoindre la cafèt'. Dans les secondes qui suivent, personne ne comprend ce qu'il se passe : des taches blanches volantes désordonnées se déploient en direction du haut de la scène, des cris aigus affolés retentissent en écho au-dessus du plateau, mêlés à des cris de mouettes décuplés, puis les mêmes masses blanches tombent les unes après les autres sur le public de la fosse, effaré, et aux pieds d'une Isabelle Gody pétrifiée. Une quinzaine de colombes, aveuglées par les sunlights scéniques, viennent de se jeter sur le grill des projecteurs et de tomber complètement sonnées ou raides mortes au sol. Deux ou trois d'entre elles, tels des avions en détresse, zigzaguent encore au-dessus des têtes des spectateurs sans parvenir à prendre de l'altitude. À trois mètres de Gabriella, l'un des hommes aux brassards orange se jette sur une spectatrice et la plaque au sol en hurlant : "Bouge pas, salope !". La jeune femme blonde rit et pousse des cris de mouette (ou le contraire). Gabriella a le réflexe de vouloir lui venir en aide mais le chaos règne maintenant sur la pelouse fraîchement tondue des Jardins suspendus. Un mouvement de foule la déporte vers la droite de la scène. Elle a juste le temps de voir l'agent de sécurité emporter la fille *manu militari* en dehors de la fosse. Alors qu'il utilise l'une de ses mains pour la bâillonner, les ricanements de mouettes reprennent de plus belle dans le ciel. Gabriella voit des oiseaux blancs et gris frôler la tête de spectateurs qui courent en tous sens. Des scènes de panique, Gabriella en a déjà connu, il faut juste savoir se laisser porter par la marée humaine, se fondre dans la houle en en repérant les différents courants. Mais elle bute sur quelque chose. Un petit corps recroquevillé protège sa tête des deux mains, le visage collé à la pelouse. Une colombe blessée gît sur le dos adolescent. Gabriella se baisse pour aider la petite à se relever et, d'un geste énergique, la soulève pour la transporter dans ses bras en lieu sûr. Sur les trente mètres qui les séparent de la cafétéria, elle sent le corps frêle trembler contre sa poitrine.

— ... des menteurs...

La cohue et les cris de mouettes ont couvert le début de sa phrase. Quand elle parvient à se dégager de la foule, Gabriella n'a pas le temps de déposer le petit corps à terre qu'un homme se jette sur elles deux pour s'emparer de l'ado et l'emporter jusqu'au bord de la scène où Isabelle Gody tend les bras pour récupérer sa fille, Brune.

La gamine se retourne pour chercher du regard sa sauveuse. Gabriella lui fait signe. Brune est déjà loin.

7

Vendredi 28 juin, 8 h,
L'Impromptu.

— T'as entendu ça, chef ?

— Quoi ?

— Les colombes de la paix qu'ont pris feu !

— De quoi tu causes ?

— Là, regarde.

Le client de *l'Impromptu* tend la Une du *Havre* à Gus en train d'essuyer ses tasses à café derrière son zinc.

— *Feu la paix !*

— Quel titre à la con. Me fous pas ça sous le nez, j'ai du boulot !

— Je peux voir, monsieur ?

L'homme s'apprête sûrement à répondre un : “J'ai pas fini” un peu rude – à la Havraise – mais change de perspective en découvrant le visage de la voix.

— Bien sûr. J'avais fini, de toute manière.

Gus se marre tandis que Gabriella s'assied sur un tabouret de bar à côté du client. Il est encore tôt. L'ambiance lui rappelle celle de la Sainte-Scolasse à la même heure si ce n'est la présence de l'écran de TV géant déjà allumé qui entonne un air 80's.

On va s'aimer à toucher le ciel/se séparer à brûler nos ailes/se retrouver comme des hirondelles/on va s'aimer tellement tu es belle

Le mec accoudé au comptoir se dandine en rythme.

— Et elle veut quoi, la demoiselle ?

— Tu l'appelles pas "jeune fille" ?

— Non. C'est les vieilles que j'appelle "jeune fille". Pour les jeunes, c'est "demoiselle".

— Et tu commences à dire "jeune fille" à partir de quel âge ?

— Tu veux pas aller voir ailleurs si j'y suis, René ?

— T'y es pas puisque t'es là ! C'est pas vrai, mademoiselle ? On peut pas être à deux endroits en même temps ?

— Un café serré, merci.

— Haha ! Vous répondez pas.

— C'est que je crois, au contraire, qu'on peut être à deux endroits au même moment, rétorque Gabriella qui le pense vraiment.

— J'vous aime bien, ma petite ! se marre Gus.

Gabriella se demande d'où vient cette manie des hommes d'un certain âge de l'appeler "ma petite", alors qu'elle fait 1,80 mètre, mais elle n'a pas envie de se lancer dans une discussion sans fin. Et puis, c'est marrant. Elle les dépasse tous les deux de deux têtes.

— Un serré pour la demoiselle. Tac tac.

Sur la page centrale du canard, une photo de piètre qualité. On y distingue de vagues formes blanches échouées au pied de la scène principale des Jardins suspendus. Le chapeau raconte "*la spectaculaire ouverture*" du festival pour la Paix, le symbole "*trop énorme pour être vrai*" de colombes gisant mortes sur le "*vert tendre du parc*" avant même le début des festivités. Le journaliste n'oublie pas de mentionner les nombreux cris de mouette et l'interpellation musclée d'une femme qui en serait l'auteur mais "*dont on ne connaît pas encore l'identité*" et s'interroge sur l'hypothétique rapport entre ces événements et la mort récente de l'ex-directeur du festival.

"*Le reste de la soirée a cependant été un véritable succès*" conclut le papier.

— C'est qui les "mouettes flingueuses" ? interroge Gabriella.

— Les mouettes quoi ?

— C'est écrit là, dans l'article.

Gus tend le cou comme pour chercher à lire, mais surtout pour faire plaisir à Gabriella.

— Ah oui, "Le commando des mouettes"... La dernière fois, quand le maire a fait un discours sur la place de l'Hôtel de ville pour l'inauguration de je ne sais plus quoi avec Mister Peace et son adjointe à la culture (il fait un large mouvement ondulant des deux mains de bas en haut)... même qu'on dit qu'elle et lui...

Il frotte ses deux index l'un contre l'autre.

— Vous parlez de qui ? Du Maire ou de Marcus Gody ?

— Gody et la nana de la mairie ! C'est vrai, Gus, tu racontes mal, on comprend rien !

Gus chasse les mouches en direction de René. Il reprend :

— Y en a une qui était là.

— Une femme-mouette ! Explique bien à la demoiselle.

— Elle poussait des cris de piaf, mais elle s'est tirée avant de se faire choper.

— Elles sont combien ? Demande Gabriella.

— On sait pas. Mais y en a pour tous les goûts : Blonde, rousse...

— Pourquoi elles font ça à votre avis ?

— Comment vous voulez qu'on sache ? C'est pas écrit dans *Le Havre ?*

Gabriella sort son ordinateur. René fronce les sourcils.

— Oh. Vous êtes pas flic, au moins ? Ou journaliste.

— J'en ai l'air, René ? questionne Gabriella de tous ses yeux verts.

— Si vous m'appelez par mon petit nom, vous pouvez bien être tout ce que vous voulez... se radoucit le bonhomme.

— Ni flic, ni journaliste...

Elle cherche deux secondes.

— ... étudiante aux Beaux-Arts de Paris. Ça

m'intéresse cette histoire de performance artistique.

— Ah, vous trouvez que c'est de l'art, vous, de beugler comme ça en public ?

— C'est pas des cris de vache, sourit Gabriella.

— Oui, bah, beugler ou autre chose... ça leur apporte quoi de faire chier le monde quand les gens ont envie de s'amuser ?

— Peut-être à rappeler que tout le monde ne s'amuse pas.

C'est sorti tout seul. Gabriella a dit ça d'un air grave. Sans doute trop. René et Gus la regardent du même air soupçonneux.

— "tout le monde" vous voulez dire "les femmes" ? demande Gus. Vous pensez que c'est des... féministes ?

— Vous le dites comme si c'était un gros mot.

— Ce serait pas étonnant. On entend qu'elles en ce moment, enchaîne René.

Au moins, ça me change pas trop de La Sainte-Scolasse à 8 h du mat', pense Gabriella qui a une petite pensée émue pour Marco et les filles.

— C'est pas le tout, mais je vais être en retard, déclare Gabriella en clapant l'ordi dont elle ne se sera pas servi.

— C'est pas nous qui vous faisons fuir, au moins, demoiselle ? s'inquiète Gus.

— Pas du tout, messieurs, vous êtes supers mais j'ai rendez-vous dans vingt minutes.

— Y en a qui ont de la chance, déclare René.

Gabriella salue le duo, enfile son *K-Way* et met sa sacoche en bandoulière.

— Tu peux pas fermer ta grande gueule ? C'est à cause de toi qu'elle se barre, maugrée Gus au moment où Gabriella pousse la porte de *l'Impromptu*.

— Tu parles… c'est ton rade qui fout le cafard ! chuchote fort René, énervé.

C'est fou comme tous les bistrots français se ressemblent, se dit Gabriella.

Quand elle sort, le ciel crache une petite pluie légère comme une brume, pas pénétrante, pas agressive comme le sont les bruines parisiennes. Presque une caresse sur ses joues. Côté Est, le ciel est gris, mais complètement dégagé côté Ouest. Gabriella glisse ses cheveux sous la capuche de son *K-Way*. Elle n'a pas rendez-vous avant une heure à la bibliothèque Oscar Niemeyer où elle doit rejoindre l'équipe *d'Escuola Bolivia*. Ça lui laisse le temps d'aller jeter un coup d'œil du côté du Bassin du commerce. Béa, la compagne de Francis a l'intuition que la mort de Marcus Gody est suspecte ; c'est ce qu'elle lui a confié hier soir. Ses arguments sont pourtant peu convaincants. Si tous les patrons mégalos et autoritaires étaient balancés à l'eau, ça ferait déborder les lacs et les rivières, songe Gabriella en empruntant la rue Voltaire de son pas allongé et rapide.

Le Havre ne ressemble à aucun lieu qu'elle connaît. Ni en France ni ailleurs. Et, elle ne saurait dire pourquoi, mais depuis son arrivée elle s'y sent bien. L'histoire particulière de cette ville détruite à plus de 80 % par les bombardements de la *Royal Air Force* en septembre 1944 la touche. Une ville fantôme vit sous la ville nouvelle et c'est comme si ce passé vibrait sous ses pieds. Sur la place de l'Hôtel de ville, une sorte de longue vue permet de voir en juxtaposition la place actuelle et celle de la fin du XIXe siècle. Hier soir, Francis a joué au guide nocturne pendant le concert "musiques du monde". Vers 22 h 30, ils ont tous les deux laissé en plan Gabriel et Béa et ont fugué dans la ville. Ce n'était pas prévu. Ils ont traîné ensemble pendant deux heures. A la fin, en silence. Le Poulpe a poussé une gueulante au retour de la Poulpette à 1 h du matin dans le quartier Saint-Vincent où ils logent depuis leur arrivée. Elle avait oublié le double des clefs de l'appart, ça ne l'a pas rendu de bon poil.

— T'es folle ou quoi de te casser avec mon pote sans me prévenir ? Tu crois qu'elle faisait quelle tronche, Béa, quand elle s'est rendue compte que son mec s'était tiré avec toi ?

— Je suis crevée, je vais me coucher, Poulpou. Tu me feras la morale demain matin.

Gabriella refait, seule, un tronçon de la promenade nocturne. Le Havre et La Paz n'ont rien à voir l'une avec l'autre mais les deux lieux dialoguent dans son esprit. Aux gris mouvants du béton d'Auguste Perret répond le souvenir des toits et des murs de briques rouges de La Paz. Là-bas, les parpaings ne sont pas habillés de crépis parce que l'ornement exige une taxe trop élevée pour les habitants. Les façades sont laissées en l'état et donnent à voir des ensembles élémentaires, sans effets, qui pourtant attrapent l'œil du visiteur par l'homogénéité rudimentaire des teintes de la ville mariée aux tons orange et ocre du paysage montagneux. Au Havre, l'aspect austère du béton est, à toutes les heures du jour, contrebalancé par les effets chatoyants de la lumière sur la matière. À partir de 18 h, les immeubles se teintent de jaune et d'or.

Était-ce la voix grave de Francis, sa façon de l'effleurer pendant leur marche nocturne sans jamais la toucher vraiment ? Le vin blanc des jardins suspendus, la brise marine, le vol des mouettes dans le ciel rouge-orangé y ont peut-être été pour quelque chose mais un peu plus et elle glissait sa langue dans la bouche du copain du Poulpe à la fin de la balade. Alliance au doigt ou pas. Bonne question, d'ailleurs : en a-t-il une ? Gabriella tente de se rappeler les mains de Francis mais elle retrouve ses yeux sombres et sa casquette marine. Légère excitation dans le bas ventre en y repensant. Une semaine après le début de ses règles, elle a toujours un regain d'énergie sexuelle. Elle imagine la tête de Gabriel si elle lui racontait ça. Mais, après tout, PapaPoulpe a bien flashé sur une meuf qui lit de la poésie soporifique et qui balade son chien au bout d'une laisse strassée... Il serait mal placé pour lui faire la leçon.

À hauteur de la place Oscar Niemeyer s'élève le grand volcan que les Havrais appellent plus trivialement "le pot de yaourt". Le petit se cache derrière son aîné. Une vue aérienne permettrait de voir que l'espace culturel et la médiathèque en béton blanc sont reliés par une structure représentant *una paloma de La Paz.* Celle-là au moins ne risque pas de cramer. Non loin d'ici un funiculaire permet aux habitants d'accéder à la ville de Sainte-Adresse. En bas, c'est un petit tramway qui traverse silencieusement la ville. Et c'est le téléphérique de La Paz qui lui revient, celui qui passe au-dessus de la capitale : quand on est installé dans l'une de ses télécabines, c'est le calme absolu, l'élévation de l'esprit au-delà du tumulte humain. La dernière fois qu'elle y est retournée, il y a sept ans de cela, elle a tenté d'apercevoir l'enceinte de la prison, d'en haut. Elle n'était plus qu'un point minuscule, ridicule, perdu dans la ville. Sa violence, son chaos, ses détenus n'étaient plus rien, n'existaient plus, n'avaient plus aucune espèce d'importance. Ce qui avait été sa vie durant seize années se trouvait anesthésié par la hauteur et le silence.

Coup de klaxon au moment de traverser la rue de Paris, l'une des artères principales du Havre. Les pensées sont dangereuses à cette heure du trafic. La circulation n'a rien à voir avec celle de Paris à la même heure du jour mais, dans toutes les villes, il faut apprendre à se méfier des conducteurs qui se rendent au boulot en zombies. Gabriella prend la rampe qui mène à la berge du Bassin du commerce. Elle avance jusqu'à la hauteur du ponton d'amarrage des optimistes à quelques mètres de la longue parenthèse métallique qui traverse le bassin : *la passerelle François Le Chevalier*.

L'eau ne fait pas de vague. Un mort flottait ici il y a juste une semaine mais Gabriella est bien placée pour savoir que la vie sait reprendre son flux ou plutôt que le flux de la vie n'a aucune raison de stagner quel que soit le nombre de cadavres en jeu. Un énorme goéland en équilibre, col dressé, sur la barre d'un des petits voiliers, la fixe de son œil jaune tandis qu'elle se penche, à la recherche de quels indices, de quelles traces ? Sous ses pieds, le sol est maculé de guano. Uniquement à cet endroit, sur environ deux mètres carrés de superficie. À part ça, rien de spécial. Elle s'accroupit. Des cordes, des coques, des mâts aux voiles pliées. "... des menteurs..." Gabriella repense au cœur de Brune battant contre le sien, à ses mots, soufflés à son oreille. Qu'a voulu lui confier la fille du mort ? Gabriella a fait un drôle de rêve cette nuit, de ces rêves si réalistes qu'ils tirent le dormeur de son sommeil. Brune et elle, adolescentes, jouent au foot dans la cour de San Pédro. Un bichon blanc frisé leur pique la canette Coca qui leur sert de ballon de fortune et, au moment où Gabriella veut la récupérer, un coup de feu retentit clouant l'animal au sol. Elles pleurent toutes les deux sur son cadavre mais c'est celui du chiot de son enfance.

Des cris stridents. Du côté de la passerelle. Une vingtaine de mouettes sont perchées sur la balustrade. Gabriella en donnerait ses deux jambes à découper (mais ce n'est sans doute pas la bonne expression), elles n'étaient pas là à son arrivée. La tribu s'égosille. À quelques mètres du ponton, sur la berge, elle aperçoit l'une de ces nombreuses bouées de sauvetage disposées aux abords des bassins à proximité des lieux de vie nocturne. Les glissades ne sont pas rares dans le coin. Gabriella a lu sur le Net que le corps d'un homme de 60 ans a été repêché ici même il n'y a pas 5 mois, le corps d'une jeune fille de 20 ans, un mois avant. Personne pour leur tendre une grosse bouée orange à eux non plus. En se redressant, Gabriella manque se prendre l'aile du goéland en pleine face au moment où celui-ci prend son envol pour quitter précipitamment le bassin dans une direction inattendue. Sur la passerelle, les mouettes ont arrêté de crier.

Le truc bizarre, c'est que, perchées sur les cent-cinq mètres de longueur de la structure métallique, elles sont maintenant trois fois plus nombreuses que tout à l'heure.

8

11 h 30, Esplanade Niemeyer
Stand *Escuela Bolivia.*

Le Poulpe lui fait encore la gueule. Il est passé au stand à 10 h et lui a à peine adressé la parole. Il paraît que ça a chauffé entre Béa et Francis quand ce dernier est rentré chez lui. Et alors ? Gabriella a d'autres chats à fouetter (cette expression française est bizarre...). Tina a enfin envoyé un SMS. Énigmatique.

Je reviens en France plus tôt que prévu. Un truc important à te dire. El Paraiso...

El Paraiso, Le Paradis, le nom qu'elles donnent toutes les deux à la prison depuis que Gabriella en est sortie en 2016. Leur code secret pour évoquer l'enfer sur terre et ses poussières de paradis. De ce lieu, elles ne parlent plus ou à peine, des banalités. Gabriella n'a pas envie de faire remonter les souvenirs et Tina ne se confie pas sur ses activités là-bas. *El Paraiso*... Rien de plus énervant que cette manie des points de suspension. On dit les choses ou on ne les dit pas. "Un truc important à te dire". C'est le pompon, comme dirait Pedro. Gabriella adore Tina mais pas sa façon de jouer les mystérieuses. Et elle a envie qu'elle revienne maintenant. Elle ne sera rassurée que quand elle la retrouvera et qu'elles se prendront une petite cuite au *Singani* sur le canapé parisien. Rien de ce qui vient *d'El Paraiso* ne peut être bon. La dernière fois qu'elle en a entendu parler, c'était il y a deux ans, par Mario, son "frère" de La Paz qui est resté en Bolivie où il s'adonne à la traque des fêlés du monde entier sur le Net. Il a du boulot. C'était pour lui dire que leur chef de gang, Sergio, était mort dans le restaurant de Mamaria, le nez dans son assiette de haricots rouges. Crise cardiaque. Il devait sortir le lendemain. Difficile de savoir si la nouvelle était triste ou réjouissante. Difficile de dire si sa mort était naturelle ou "assistée".

— Alors comme ça, tu es née en Bolivie ? Tu sais que c'est mon prochain voyage. Tina t'en a parlé ? T'as des trucs à me conseiller ? Des choses que je ne dois pas louper ?

Louis, le trentenaire encore thésard avec lequel elle anime la permanence du stand une partie de la journée est gentil mais un peu lourdingue. Et ce tic nerveux de la paupière gauche chaque fois qu'il lui adresse la parole… Pourquoi ne pas proposer à ce grand garçon d'assister à un sacrifice de femelle Lama ? On arrache leur fœtus de leurs entrailles pour le suspendre au-dessus des étals du marché des sorcières à La Paz. En offrande à l'esprit de la terre mère. L'idée la fait sourire. Mais il a l'air sensible, elle n'a pas envie qu'il tourne de l'œil au moment où le public commence à affluer.

— À La Paz, tu pourras prendre le téléphérique.

— C'est comme le funi, ici ?

— Je n'ai jamais pris le funiculaire du Havre, mais, à mon avis, c'est BEAUCOUP plus spectaculaire. Toi qui aimes les "lectures de paysage", tu seras servi.

— Trop cool, merci Gabriella. Si tu veux on parle espagnol ? Ça me fera un entraînement avant de partir.

— Je n'y tiens pas vraiment, Louis. Et je crois qu'on a besoin de nous, là. Madame ?

La dame, comme beaucoup de dames depuis hier, veut des renseignements sur les trousses *Escuela Bolivia*, et les T-shirts aussi, c'est pour sa petite fille qui fait des études de com' et qui va partir en Amérique du Sud dans le cadre de son Master, quelle taille elle lui conseille, la petite est grande et un peu enveloppée aussi oh juste un peu, elle tient de son père qui lui aussi a fait dans l'humanitaire, il est parti en Afrique il y a quelques années et est revenu avec le paludisme, depuis il a de grosses poussées de fièvre qui l'empêchent de se lever de son lit, parfois pendant quinze jours, c'est très handicapant pour son travail, mais ça n'empêche pas sa petite fille de vouloir voyager, parce que etc., etc. Encore une qui lui raconte sa vie mais qui ne va pas laisser un *boliviano*[1] pour l'assoce...

Gabriella est là pour Tina, c'est ce qu'elle se répète depuis qu'elle est arrivée. Elle ne va pas se plaindre. Elle est logée gratuitement jusqu'à dimanche dans un appart prêté par Sandrine, une fille de l'asso. Le F1 s'appelle "Les Mouettes", mais c'est bien un goéland qui est venu la réveiller à coups de bec sur la fenêtre du salon à 7 h 30 ce matin. Il était prévu que Gabriella dorme dans la chambre ; Le Poulpe lui a laissé le clic-clac pour la nuit. "T'avais qu'à pas fuguer".

Et puis, sa petite enquête lui permet de se changer les idées entre deux séances de vente pédagogique. Dans quelques minutes, quand les deux autres bénévoles prendront la relève, elle pourra aller faire un tour dans la médiathèque qui accueille "les écrivains pour la paix" jusqu'à 19 h ce soir. Elle y rencontrera peut-être Sébastien Gianni. Un pote de Francis et Béa. La cinquantaine, Havrais de souche lui aussi, né à la Mare Rouge, un quartier "sensible" de la ville (comme disent les médias français — qu'est-ce qu'ils diraient de San Pédro ?), fondateur de "Lire à La Mare Rouge", une association promouvant l'éducation populaire dans les quartiers. Sébastien Gianni se bat sur le terrain depuis trente ans avec ses petits moyens pour éviter que le pire ne devienne le banal dans les cités du Havre. Gabriella se demande comment avec toutes ces associations, ONG, galas de charité, fondations, le monde continue d'aller mal, quand une voix la tire de ses pensées.

— On se fait un *Fish & chips* sur la plage, Miss Peace ?

Le Poulpe est là penaud avec ses longs bras le long du corps et son air renfrogné et tendre. Louis jette un regard interrogatif vers Gabriella. Ce serait drôle, oui, que ce grand nigaud prenne Gabriel pour son Sugar Daddy. Elle fait le tour de la table pour rejoindre Le Poulpe et lui coller, comme à son habitude pour signer la trêve, un bisou sur le front. Elle entoure son cou de ses bras nus et appuie son baiser un peu plus que de coutume, juste assez pour que le gentil Louis devienne rouge comme une pivoine.

9

15 h 30, Médiathèque
Oscar Niemeyer.

— Ma dernière question sera pour vous, Fanny Manoir : pensez-vous écrire pour vivre ou vivre pour écrire ? demande la médiatrice d'un air pénétré.

L'homme assis en face de la jeune femme tripote son micro et montre des signes d'impatience. Depuis vingt minutes, la fille aux cheveux peroxydés regarde sa montre à intervalles réguliers et jette des coups d'œil soucieux en direction de la première rangée de chaises installées dans l'Atrium où une femme au carré aussi strict que brun, lui adresse des mouvements de tête pressés. Fanny Manoir se saisit de la petite bouteille d'eau posée sur la table basse et en avale une goulée. La femme du premier rang donne des coups de majeurs sur son poignet gauche puis tend sa paume droite les cinq doigts écartés.

La rencontre "Guérir le monde par la philosophie et la fiction" a débuté à 14 h 30 et Gabriella s'est un peu assoupie. Le fish était goûteux mais les "chips" un peu lourdes. Elles ne sont pas les seules fautives, ces deux-là sur l'estrade l'ont à moitié endormie. Le coude droit de Gabriel vient heurter ses côtes :

— C'est moi ou Pascal Brukner a forcé sur le fond de teint ?

C'est donc ça cet effet luisant sous la lumière

artificielle… Première fois qu'elle entend parler de ce mec. Et qu'elle l'entend parler. Il dit des choses parfois justes mais de manière précieuse. Et son apparent stoïcisme a du mal à masquer le petit agacement provoqué par les sorties de son interlocutrice. Mais il y a plus intéressant. Dans l'auditoire au troisième rang, la petite Brune bâille. Gabriella l'a vue monter au premier étage de la médiathèque à son retour de la plage. Elle l'a reconnue tout de suite. Mix de tristesse et de colère froide. Gabriella a traîné Gabriel à l'Atrium sans lui demander son avis.

Cheveux longs parsemés de mèches vertes (elles ne les avaient pas hier soir), petite, fluette, toute habillée de noir, Brune, tout à l'heure, grimpait les escaliers spiralaires de la bibliothèque avec vélocité. Que fait une ado dans un lieu pareil, une semaine après la mort de son père ? À son âge, Gabriella apprenait à manier des couteaux papillon dans le patio "Coca-Cola" de San Pédro… De sa place, elle tente de chopper des signes venant de l'ado, des indices. Les journaux ont à peine évoqué la fille du mort. Elle est une silhouette de "l'affaire Gody" qui semble n'être déjà plus une affaire pour personne. Où est la mère aujourd'hui ? Une autopsie est-elle en cours ?

Les paupières de Brune, charbonnées au khôl, se baissent de manière régulière sur ses yeux noisette. Elle est en train de piquer du nez elle aussi. C'est l'heure de la digestion pour tout le monde. Les ronflements, ici et là, créent une mélodie de fond relaxante.

Un rire criard ressuscite l'assemblée. Fanny Manoir, qui s'est embarquée dans une réponse sans fin (et sans sens), est soulagée, ça fera diversion. Des visages se tournent, des cous se tordent...

"Ça va pas recommencer !" s'indigne une voix d'homme derrière Gabriella. Brune s'est redressée sur sa chaise.

— La mouette flingueuse ? glisse Gabriella à l'oreille de Gabriel.

— Pas cette fois. Regarde !

L'invitée surprise — ailes grises, tête noire — exécute un vol en larges spirales au-dessus de la médiatrice et des deux auteurs avant de se poser tranquillement sur la table basse. Brouhaha dans l'Atrium. Pascal Brukner, qui n'était pas présent la veille au soir, semble amusé par la situation. Pas la porte-micro qui, accrochée à ses accoudoirs, tortille des fesses sur sa chaise. Fanny Manoir profite de la diversion pour lui signifier par des gestes désordonnés qu'elle doit partir. L'autre la calcule à peine tout occupée qu'elle est à exécuter de grands moulinets dans le vide en direction du fond de la salle sous le regard impassible de la mouette. La blonde en profite pour se tirer sans demander son reste. Elle rejoint sa copine du premier rang.

— Non mais j'y crois pas, regarde, les *bodyguards* qui débarquent comme hier ! se marre Gabriel. C'est quoi le plan ? Plaquer la mouette au sol ?

— Viens, on bouge. Dans cinq minutes ça va être le boxon.

Gabriel se fie toujours aux intuitions de Gabriella. Un sixième sens qui remonte au *paraiso*. Un sens du timing acquis depuis si longtemps, malgré son jeune âge, qu'il pourrait passer pour inné. Ils s'extirpent du rang. À partir de là, tout s'enchaîne très vite. Les deux malabars — où étaient-ils planqués ? — se précipitent d'un même élan sur l'estrade pour tenter d'attraper le volatile qui prend son envol en riant à gorge déployée (l'expression peut paraître étrange pour un oiseau, mais son rire a bien quelque chose d'humain). Dupont et Dupond bondissent sur la mouette mais s'emmêlent les pinceaux et s'écrasent sur la questionneuse. Ses jambes gainées de noir s'agitent de manière convulsive sous le poids des deux colosses. Elle glapit. Et ce bruit grotesque la rend bizarrement plus sympathique. Pas au point que Gabriella prenne le temps de venir à son secours. Pascal Brukner contemple la scène, ahuri et un peu apeuré. Un tel déploiement de force pour une mouette. C'est quoi ce festival pour la paix ?

Gabriella n'a pas lâché Brune du regard ; elle compte bien entrer en contact avec elle d'une manière ou d'une autre. Mais la petite, vive comme une chevrette de montagne bolivienne, a déjà filé du côté de l'escalier-vortex qu'elle s'apprête à descendre. Alors que les corps, jeunes et vieux, à présent complètement réveillés de leur torpeur s'agitent en tous sens — enfin, un peu d'action — une silhouette attire le regard de Gabriella. La mouette qui avait disparu de son champ de vision quelques instants vient de réapparaître juchée sur l'épaule d'une jeune femme qui, droite et statique au milieu du désordre, la fixe du regard.

— Ta petite protégée ! Elle se barre…

Du haut de la rambarde, PapaPoulpe désigne la sortie de la médiathèque. Brune n'est déjà plus visible. Deux-trois ricanements dans la foule encore, puis plus rien. La femme et la mouette ont disparu elles aussi.

— C'était pas la femme des Jardins suspendus ? demande Gabriella.

— Qui ?

— Là, avec la mouette.

— De quoi tu parles ?

— Celle qui s'est fait arrêter hier soir.

— Tu l'as vue ?

Elle en douterait presque pendant sa course qui la mène jusqu'à la sortie, surtout que la fille d'hier soir était blonde. Un rideau d'averse la stoppe net et laisse le temps à Gabriel de la rejoindre.

Ahí está la lluvia, piensa en ella;
siéntela como un aluvión de peces luminosos,
como una fila de ángeles dormidos
por su propia música.

Voilà la pluie, pense à elle ;
sens-la comme un flot de poissons lumineux,
comme une file d'anges endormis
par leur propre musique.

Les vers lui arrivent comme une hallucination auditive. Et, en même temps que les vers, une pensée fulgurante qui explose comme une bombe à fragmentation dans son cerveau. Oh Pachamama… Pourquoi ça n'a pas fait tilt plus tôt.

Fuego.

Alvaro.

Gabriella cherche son téléphone en planque dans son sac. Ses doigts heurtent d'abord sa statuette et, quand elle parvient à mettre la main dessus, la date qui s'affiche sur l'écran est : 28/06.

Comment a-t-elle pu oublier ces chiffres qui lui reviennent en 2024 comme un boomerang en pleine face. Le message de Tina, *El Paraiso,* le poème… Tout s'emboîte dans son esprit.

— Ça va, Gaby ?

Gabriella s'accroche au bras de Gabriel, aveuglée un instant par el *aluvión de peces luminosos* qui s'abat sur la place. Quelques minutes plus tard, le soleil fait scintiller l'asphalte de l'esplanade Niemeyer, et un arc-en-ciel — tellement bien dessiné qu'il semble créé par une IA — orne le ciel piqué de boules ouatées au-dessus du grand volcan.

— T'as l'air patraque. C'est le fish and chips ? J'ai rendez-vous avec Francis dans une heure au *Feu sacré*. Il va me présenter Sébastien Gianni. T'en as entendu parler ?

— Oui. Un pote de Francis. Je pensais le trouver ici. Il y a son asso quelque part sur la place. C'est bizarre d'ailleurs, vu qu'ils pouvaient pas se blairer…

— Ce qui est bizarre, c'est d'installer des stands sur une place où il pleut toutes les cinq minutes…

— Ça va, c'est des barnums. On n'est pas en *azúcar* !

Revoir Francis… Oui. C'était prévu de toute façon. Elle aurait préféré que ce soit sans PapaPoulpe, mais elle ne se risquera pas à le lui dire. Gabriella inspire un grand coup pour se remettre les idées en place. L'autrice blonde sort au même moment de la médiathèque suivie de son chaperon qui ne semble pas calmé.

— Je t'avais dit que c'était un plan foireux ce festival de mes deux. On va finir par rater notre train. Tu sais que t'as de la fiente de mouette sur ta veste ?

— T'as des news de la gastro de B.H.L ? Tu crois qu'il va être remplacé par…

Gabriella n'entend pas la fin de la phrase ni la réponse de la femme à la coupe Playmobil.

Et la mouette posée depuis cinq minutes sur la *Dr. Martens* de Gabriella attend patiemment que la grande fille finisse par remarquer sa présence.

10

17 h 15, *le Feu sacré*,
boulevard de Strasbourg.

La librairie est un véritable capharnaüm. Des piles de revues et de livres jonchent le sol devant des étagères qui débordent de bouquins, DVD et vinyles. Le client arrivé en même temps que Gab & Gab est contraint d'enjamber un tas de vieux fanzines jaunis et des amoncellements de livres de poche pour accéder au rayon “POLAR” du fond de la salle. Il le fait avec une certaine agilité. Un habitué sans doute. Une autre caverne d’Ali Baba, plus martiale, consacrée au genre Histoire locale et *Militaria,* jouxte la pièce centrale. De vieux bonshommes explorent ces bacs sans lever les yeux vers Gabriella au moment où elle passe sa tête dans l’encadrure de la porte d’entrée. Une odeur âcre de papier lui saisit les narines. Ça sent le moisi. C’est poussiéreux. Un peu comme cette musique en fond sonore qui doit dater des années 70. Du punk rock ?... bien énervée en tout cas. Pas mal. Elle rejoint les garçons.

Francis est assis derrière son comptoir couvert de prospectus et flyers de tous genres. Il en tend un au Poulpe.

— Tu te rappelles Olivier Durand ?

— Le guitariste de *Little Bob* ?

— Il joue au *Pierrequiroule*, dimanche soir. En solo.

— Le bar existe toujours ? Pierre aussi ?

— Yes. Tu... Vous serez encore là ?

Il se tourne vers Gabriella. Visiblement plus intimidé qu’hier soir. Il a dû subir une sacrée rouste. Ça calme. Ça le rend encore plus irrésistible. Elle a de nouveau envie de l’embrasser, mais elle essaie de se concentrer sur sa mission : découvrir des éléments pour son enquête qui ne ressemble pas à grand-chose pour le moment. Dans son petit carnet, griffonné au crayon, un schéma rudimentaire avec peu de personnages, peu d'éléments, peu de cercles et de flèches. Tout plutôt que de cogiter le poème-message d'Alvaro et la date symbole d'une promesse à tenir qu'elle ne peut pas tenir. Tina n'a toujours pas redonné signe de vie.

— On ne sait pas... On n'a pas pris de billet retour. Ça se trouve on ne sera plus là samedi soir.

Sa réponse fait tiquer Francis. Tant mieux. Qu'il pige qu'il n'aura pas beaucoup d'occasions pour un tête-à-tête avec elle.

— Il arrive quand ton pote ?

— Il ne va pas tarder. Il a passé l'aprèm au *pot de yaourt*. Vous l'avez sûrement croisé sans le savoir. C'est quoi l'ambiance là-bas ?

— Des tables rondes "littérature & paix" et des pétitions en veux-tu en voilà. On m'en a glissé pas moins de huit entre les mains aujourd'hui. Contre la guerre en Ukraine, pour une trêve à Gaza, contre la séquestration de prisonniers politiques de tous poils, contre le réchauffement climatique, pour...

— Tu t'attendais à quoi ? À une révolution ? Y a pas plus policée que ce salon... Des intellos de gauche... très forts pour rédiger des tribunes mais qui répugneraient à se servir d'une arme à feu pour entrer en résistance. Que de la gueule.

— Je m'attendais à rien. Si ça ne tenait qu'à moi, je passerais mes journées sur la plage. Je me contente de suivre ma punkette préférée et je me laisse faire entre deux binouzes. Ça me va très bien.

— Je ne suis pas une "punk", c'est un truc de l'ancien temps, ça !

Les chatouilles affectueuses prodiguées par Gabriel à Gabriella — qui surjoue l'excitation juvénile — créent un petit malaise chez Francis. Le garçon est décidément sensible. Il fait une chaleur humide dans sa librairie. Gabriella a passé sa journée à se déshabiller et se rhabiller au gré des caprices de la météo. La plupart du temps, elle se promène en T-shirt ou débardeur quelle que soit la couleur du ciel ; quand on a grandi à 3 600 mètres d'altitude, on est moins frileuse que la moyenne. Pour la centième fois de la journée elle retire ce *K-Way* vert dégoté dans un placard de l'appart de Saint-Vincent. Parfait pour une ville comme Le Havre. Elle surprend le regard de Francis sur ses seins. Est-ce qu'il les trouve trop petits ? Un jour sur deux, elle ne met pas de soutien-gorge. C'est un jour sans.

"Ding-ding" carillonne la porte du *Feu Sacré*.

Un homme de taille moyenne, le cheveu hirsute, chino rouge, sweat noir à capuche, entre dans la boutique et fonce droit vers eux. Nerveux, sur le qui-vive, il ne prend pas le temps de saluer Francis.

— C'est vous qui cherchez des trucs sur Gody ?

— Enchanté. Gabriel !

Le Poulpe tend un grand bras. L'autre tend son coude.

— Oui, pardon. Sébastien. Francis m'a dit...

— Gabriella, enchantée aussi.

Elle se penche pour lui tendre la joue. Sébastien Gianni recule d'un pas, surpris, ne sachant plus quel coude tendre.

— J'ai un rhume… Je fais pas la bise. On peut aller derrière, Francis ?

— C'est le boxon, là-bas. Et je dois rester à la caisse. Je ferme dans trente minutes. Je vais te chercher une bière ?

Vacarme de chute de livres dans leurs dos. Sébastien sursaute et éternue en même temps. Il sort un grand mouchoir en tissu de la poche de son sweat.

— Putain, fait chier, jure le client qui entreprend de redisposer quelques gros volumes sur une étagère aux allures branlantes.

— Laissez tomber, je m'en occuperai plus tard ! lui crie Francis sans faire semblant de se déplacer pour lui venir en aide. Des bières pour tout le monde ?

Il se dirige vers une porte au fond de la pièce.

— Y a des toilettes ? s'enquiert Gabriella.

— Par là.

Elle laisse Gabriel et le Seb en plan et enjambe *Hara-Kiri* et *Métal Hurlant*, dicos et BD pour rejoindre Francis au moment où il sort huit *Stella Artois* de son petit frigo. Les toilettes sont dans un coin de la pièce, pas de porte, pas de paravent. L'idée lui effleure l'esprit un quart de seconde de faire pipi devant lui mais non. Elle sent à la façon qu'il a de tourner les talons aussi sec qu'il n'a pas envie de passer plus de temps ici avec elle.

— Les WC sont là.

— J'ai vu, sourit Gabriella. Francis ?

— Oui.

— J'ai appris pour Béa… Je suis désolée.

Hum, hum.

— C'est ma faute, je suis con. Je sais pas ce qu'il m'a pris.

— J'espère que...

— Non, t'inquiète, fillette. À tout de suite.

Il ferme la porte sur elle. OK.

Gabriella sent une petite pinçade au niveau de la poitrine. C'est bien ça : elle est vexée comme un pou. "Fillette" vraiment ? Elle baisse sa culotte. Quelques auréoles rouge clair colorent sa serviette périodique. La fin de ses règles. Sur la porte fermée est punaisée une vieille affiche un peu déchirée : *Little Bob Blues Bastards*. Un petit mec avec une tête sympa de vieil indien est entouré de quatre lascars au look passé de mode mais cool. Elle se souvient que Francis et Gab en ont parlé à *l'Impromptu*.

Gabriella renfile son slip et monte le zip de sa fermeture éclair. Un truc adhère à sa *Dr. Martens* gauche. Un bout de papier. Elle se rassoit sur la cuvette pour décoller le petit post-it sur lequel sont inscrits deux mots en italiques :

lâchez tout.

Sur le billet, une minuscule plume... Comment on appelle ça en français ? Un <u>*plumón*</u>... Un duvet. Comme si elle n'avait pas assez d'énigmes à résoudre. *Lâchez tout*. Un avertissement ? Pas envie de se prendre la tête avec ça dans les toilettes du *Feu sacré*. Elle glisse le papier dans la poche de son jean. Dans le petit miroir accroché au-dessus du lavabo, les cheveux de Gabriella frisottent encore plus que d'habitude. L'air humide de la ville. Elle leur donne un peu de volume et caresse la toile d'araignée sur son épaule gauche. Alvaro a la même, au même endroit, tatouée il y a pile dix ans chez Fuego de La Paz, le tatoueur de San Pédro. Le 19 avril 2014. Elle avait 14 ans, lui 16.

Stop.

Elle ajuste son débardeur en coton blanc. Ses seins pointent. Fillette… Ouais, c'est ce qu'on va voir. Elle comprend mieux la tête bizarre de Louis toute la matinée au stand et ses yeux qui partaient dans tous les sens quand il lui faisait la causette. Trop émotifs ces garçons.

La musique a complètement changé de style quand elle rouvre la porte. Un orchestre de mariachis à la française l'accueille… Gabriella espère que ce n'est pas pour elle. Pas sa tasse de thé.

Toi tu veux garder la frontière
Moi je veux garder mes brebis
Et tu peux bien, militaire
Fusiller les insoumis
Je n'irai jamais à la guerre
Puisque je n'ai pas d'ennemis
Je n'irai jamais à la guerre
Puisque je n'ai pas d'ennemis

Oh Pachamama… Qu'est-ce que c'est que ce truc ?

— … et vous, vous chantiez ça, tu te rappelles, Francis ?

— Vous ? J'ai jamais chanté ça, moi. Mes parents, peut-être. À l'époque, j'avais 17 ans et j'écoutais du punk.

— J'avais 7 ans, moi ! Encore trop jeune pour *les Stooges*. Et à *La Mare Rouge*, c'était ça. Attendez...

Seb appuie sur la touche d'un vieux magnéto à cassette pour faire avancer (ou reculer ?) la bande. Il a l'air tout excité et de meilleure humeur que tout à l'heure. À moins qu'il ne soit déjà bourré ? Il éternue de nouveau.

— Tiens, ta bière, elle va être chaude.

Gabriella s'empare de la bouteille verte sans regarder Francis et lui tourne le dos pour questionner Sébastien Gianni.

— C'est quoi cette musique ?

— "Juin dans la rue" !

— Elle connaît pas, rigole Gabriel, raconte un peu.

— La meilleure époque du Havre !

— Tu parles... 1977... une bande d'utopistes chevelus qui chantaient des refrains débiles genre *Peace & Love, Flower Power...*

— Moi, ça m'intéresse. Continuez.

Elle ne voit pas la tête de Francis mais devine son agacement. Qu'il mate sa chute de rein, ça lui fera les pieds.

— Tu peux me tutoyer, Gabriella ! ... Attends. Avant que je t'explique : écoute ça.

Pour trouver la bonne piste sur la bande, Seb est obligé de s'y reprendre à plusieurs fois. Ça fait de drôles de bruits, des gargouillis. Vraiment pas pratique ce machin pour écouter de la musique...

— Voi-là !

…faisait taire, toi qui ne comptais pas
Tu vas pouvoir enfin le porter
Le chiffon rouge de la liberté

Car le monde sera ce que tu le feras
Plein d'amour de justice et de joie

Elle ne peut pas donner tort à Francis. Cette chanson sent la poussière elle aussi… Et, pendant que les paroles d'espoir et d'humanité résonnent dans Le *Feu sacré,* on n'arrête plus Sébastien Gianni qui, entre deux reniflements, déballe son histoire.

— Juin dans la rue 77… un été génial. Tous les quartiers du Havre réunis sur scène pour un spectacle inédit créé de toutes pièces par Michel Fugain.

— C'est qui ?

— Un chanteur français qui a mal vieilli.

— Putain, Francis, t'es chiant. Laisse-le parler… rigole Gabriel.

— Pendant six mois, le mec s'est défoncé avec son équipe pour faire répéter des centaines de personnes dans les gymnases et les CLEC[2] du Havre. On avait rendez-vous toutes les semaines pour apprendre les chorées et les chansons. T'aurais vu ça, Gabriella… Des gens heureux, enthousiastes, de toutes les générations, réunis autour d'un projet commun. Bien sûr, spectacle entièrement financé par la mairie communiste de l'époque. Cet été a conditionné ma vie entière, rien que d'en parler, j'en ai des frissons... Tout ce qui a suivi dans ma vie, c'est grâce à ça !

C'est vrai. Gabriella ne sait pas si c'est le gros rhume ou l'émotion mais le copain de Francis a l'œil humide. Et il continue de raconter Le Havre — bastion du PC pendant 30 ans — l'ambition culturelle de la ville, les luttes syndicalistes, celle des dockers en particulier... On aurait presque envie de se recueillir avec lui sur ses souvenirs en écoutant les paroles candides du *Chiffon rouge*.

Tu crevais de faim dans ta misère
Tu vendais tes bras pour un morceau de pain
Mais ne crains plus rien, le jour se lève
Il fera bon vivre demain

— C'est devenu l'hymne des luttes sociales, on l'entend encore aujourd'hui dans toutes les manifs.

— Ouais, ça et Manu Chao...

— Toi aussi, tu vieillis mal. Je te l'ai déjà dit, Francis ?

— Parce que tu crois qu'ils ont vieilli comment, tes soixante-huitards barbus-joints-banjos-et-castagnettes ?

— Je suis né dans les années 70, moi. J'étais en CE2 à l'époque. C'est mes parents, les soixante-huitards... Mais c'est parce qu'ils m'ont permis de vivre ça que je me suis engagé dans l'éducation populaire dans les années 90 et que j'ai fondé "Lire à la Mare Rouge".

— Et du coup ? Le rapport avec Gody ?

— Gody... Le lèche-cul de l'Hôtel de ville...

— Tu peux même dire lèche-cul personnel de Maddy Beauvoir à l'Hôtel de ville.

— Au sens figuré comme au sens propre !

Les deux potes ne font plus semblant d'être fâchés, ils cognent leurs deux bières vides. Gabriella se retourne vers Francis. Il est toujours aussi beau ce con.

— C'est qui Maddy Beauvoir ?

Gabriel a devancé Gabriella.

— L'adjointe à la culture. Belle femme, issue de la grande bourgeoisie parisienne, influente à son niveau...

— Influente à quel point ?

— Au point de gaver l'assoce de Gody et de serrer la vis à toutes les autres. Mes subs ont fondu de 70 % ces cinq dernières années. Et je ne suis pas le seul. Si vous cherchez des gens qui ont des raisons de lui en vouloir, vous avez l'embarras du choix.

— Et sur Gody, on sait quoi ?

— Parisien, homme d'affaires au passé mystérieux...

— On se croirait dans un roman de gare, plaisante Le Poulpe.

— ... qui débarque de nulle part pour se faire nommer directeur du festival créé par Beauvoir et qui ne trouve rien de mieux que de nommer son association d'éducation pop “Lire au Havre” alors que la mienne s'appelle depuis 30 ans “Lire à la Mare Rouge”.

— C'était sa maîtresse ?

— Évidemment. Y a une enquête en cours pour "prise illégale d'intérêts, détournement de fonds publics, favoritisme et harcèlement moral" à l'encontre de la Beauvoir. Enfin, "y avait". Plus personne n'en parle plus depuis que Gody est allé bisouter les poissons. Ce qui est certain dans cette histoire c'est que Mister Peace avait à foutre de l'éducation populaire, de la littérature et de la paix dans le monde comme j'ai à foutre de mon premier poney à la forêt de Montgeon. Le Havre ? Il s'en tamponnait grave.

Un rictus mauvais le défigure un instant. Est-ce qu'il va encore éternuer ?

Gabriella essaie d'imaginer Seb tordre le cou de Marcus Gody mais la scène n'est pas convaincante. C'est peut-être à cause de la goutte au nez, mais elle ne voit pas le gars faire du mal à une mouche. En même temps, elle a appris à se méfier des mecs à l'air trop inoffensif... Un gentil frustré peut créer la surprise quand on s'y attend le moins. Elle en a vu devenir complètement tarés à San Pédro.

— Et sa femme ?

La veuve noire et sexy. Sébastien marque une longue pause. Qui dure. Dure.

— Isabelle... Elle... n'a rien à voir là-dedans.

— Là-dedans quoi ?

— Tout ça, la noyade...

— T'as entendu son discours à la veuve éplorée ? Grotesque, non ?

— Pas si simple, Francis...

Petite rougeur sur le cou. Hypersensible le Seb,

lui aussi. Gabriella s'empare du boîtier de la cassette audio. Michel Fugain en lettres majuscules en haut à droite de la jaquette. Le titre : *Un jour d'été dans Un Havre de paix*. Au-dessous, une colombe aux ailes floues vole dans un ciel bleu sans nuages.

— Pauvres *polomas de la paz*...

— Tu parles d'hier soir ? C'est dingue. Vous le croyez si je vous dis qu'il s'est passé exactement la même chose en juin 77 ?

— Tu veux dire...

— Bam, bam, bam... un lâcher de colombes qui crament sous le feu des projecteurs...

— Une prophétie... murmure Gabriella.

— Tu dis ? Mouais, je crois moyen à ces choses-là...

— Pas besoin d'y croire, y a qu'à voir l'état du monde.

Sébastien reste pensif, sa deuxième bière en suspens. Il en oublie de renifler pendant plusieurs secondes.

— En parlant d'oiseaux... Vous avez su pour la mouette, cet aprèm, à la bib ? enchaîne Le Poulpe.

— Vaguement entendu parler, j'ai passé mon aprèm au stand...

— C'est bizarre, non, ces histoires de mouettes ? La fille arrêtée jeudi soir...

— La folle ? demande Séb.

— Pourquoi folle ?

— Vous appelez ça comment une tarée qui se prend pour une mouette ?

— Elle a peut-être de bonnes raisons de faire ça. Personne ne s'est jamais posé la question ?

Merci Gabriel.

— Si, mais visiblement, tout ce qu'elles savent faire ces nanas, c'est ricaner. Comme la mouette de *Gaston Lagaffe*.

Gabriella interroge Sébastien Gianni du regard.

— T'as pas connu ? T'es trop jeune.

— Elle a grandi en Bolivie, explique Le Poulpe.

— Bolivienne ? Ah ! Super ! J'adore l'Amérique du Sud.

C'est fou tous ces gens qui aiment l'Amérique du Sud.

— Vous y êtes déjà allé ?

— Non, mais j'aimerais bien. J'ai l'air si vieux ?

Oui, un peu.

— Non, pourquoi ?

— Parce que tu me vouvoies.

— Tu connais les filles du commando des mouettes ?

— Non. Mais comme l'une d'elle s'est fait arrêter hier soir, on va peut-être en savoir plus.

— Les journaux ne disent rien. Ils les appellent "les mouettes flingueuses", c'est tout. Je peux vous montrer un truc ?

Elle s'adresse à la compagnie des hommes en sortant le post-it orange de sa poche.

— Ça vous dit quelque chose ?

Francis lit à voix haute : "Lâchez tout". Les autres secouent la tête.

— D'où tu sors, ça ?

— Trouvé sur ma...

— Ça me rappelle un truc. Bouge pas.

Il se dirige vers une bibliothèque située sur le

mur adjacent à la pièce *Militaria* et va droit sur un livre “rangé” sur l’étagère la plus haute. Comment fait-il pour s’y retrouver dans tout ce bordel ? Gabriella en parcourant les murs tout à l’heure n’est pas parvenue à piger sa logique de classement.

Il revient avec un livre à la couverture rose et noire sur laquelle figure le visage d’une femme l’auteur *Annie Le Brun*. Le titre se détache en lettres majuscules : *LÂCHEZ TOUT*.

— Montre-moi ça, demande Gabriel. Éditions Sagittaire, 1978... C’est pas Gérard Guégan, ça ? demande Le Poulpe.

— Si. Lui-même. Grâce à lui que ce bouquin existe. Les maisons d’édition n’ont pas dû se battre pour le publier à l’époque.

Gabriella est un peu dépassée par toutes ces infos.

— C’est un roman ?

— Non, dans mon souvenir, c’est un pamphlet anti-féministes, répond Gabriel.

— Anti-*néo-féministes*.

— C’est la même chose, non ?

— Non. Moi, je considère *Annie Le Brun* comme une vraie féministe. Mais son ouvrage a fait scandale quand il est sorti. On a même pensé que seul un homme pouvait avoir écrit ça. Ça allait carrément à l’encontre des discours du MLF. Elles lui en ont bien voulu, d’ailleurs... Il existe une émission *Apostrophes* pour en témoigner.

— Faut dire qu’elle y va fort. Elle les traite de “staliniennes en jupon”, de “bureaucrates du féminisme”...

Gabriella cherche le prix. 10 euros. Un peu cher pour sa bourse.

— Je te l'offre.

Francis lui sourit de toute sa belle bouche. Putain, il est vraiment chiant à souffler le chaud et le froid.

"Lâchez tout"... Gabriella a l'intuition que le papier trouvé sur sa chaussure n'a pas atterri là par hasard.

— Bon, c'est pas l'tout, mais j'irais bien me boire une vraie bière quelque part, moi.

— Elle est pas bonne ma Stella ?

— Dégueu.

— Va te faire foutre, Le Poulpe !

— Je te suis, dit Séb à Gabriel.

— Je vous rejoins, j'ai un autre truc à donner à Gabriella. Chose promise...

Gabriel regarde Francis, puis Gabriella. Il marque un temps d'arrêt comme pour dire quelque chose qu'il ne dit pas. Mais quand même :

— Béa nous rejoint ?

Petit moment suspendu.

— Je vais l'appeler, annonce Francis.

— On part devant, direction *L'impromptu*. Vous nous retrouvez ? Tiens, y'r'pleut...

Francis lève un pouce avant de retourner dans son cagibi. Gabriella ne sait pas quoi faire. Elle l'attend là ou elle le rejoint ? Seb et Gabriel quittent la boutique. Elle traverse la librairie. Quand elle pénètre dans la petite pièce, Francis lui tend une revue jaunie à la couv' noire et blanche. "*NITASSINAN. Notre terre. Peuples Quechua et*

Ayamara". En tout petit, en bas, "comité de soutien aux Indiens des Amériques".

— Elle date de 1983. C'est une rareté. Collector.

Je t'en ficherais des comités de soutien aux Indiens. Francis n'a pas le temps de saisir sa casquette accrochée à une patère que Gabriella, après avoir envoyé valser la revue dans l'évier, se jette sur lui et le plaque contre l'affiche de Little Bob.

— Fillette indienne a très envie d'apprendre deux-trois choses sur les spécialités érotiques du Havre...

Contre sa vulve, le sexe de Francis durcit en moins de temps qu'il ne faut à un goéland pour dézinguer une carcasse de crabe. Gabriella prend ça pour un bon vieux consentement à l'ancienne, malgré le "Putain, non..." prononcé à mi-voix par le pote de PapaPoulpe.

La vraie bière attendra.

11

Minuit, appartement du
quartier Saint-Vincent.

Gabriella ouvre la porte avec précaution. Discrétion. Elle ira se glisser dans le canapé-lit sans réveiller Gabriel s'il est déjà couché. Ce qui ne serait pas étonnant vu qu'il n'y a pas grand-chose à faire après 22 h au Havre...

Il doit être furieux. Sur le portable, cinq messages annoncés. Pas envie de les écouter. Elle ne l'a pas rejoint comme prévu à *l'Impromptu*. Francis non plus. Ils sont restés au *Feu sacré* à faire gazou-gazou entre des intégrales de Manchette et des piles de Jean Mabire, à tester la solidité des différents bacs Histoire locale et 2nde G.M. et le confort des couches de poches et fanzines à même le sol. Longtemps qu'elle n'avait pas joui comme ça. Très en forme pour ses 62 ans, le pote de Gabriel sait se servir de tous ses bras, jambes, doigts, bouche et langue. Évidemment, ils ont avalé un peu de poussière, elle a les yeux rouges, Francis s'est pris un énorme volume de l'encyclopédie de la marine sur le coin de l'œil — il a un cocard — mais ça fait partie du charme de la soirée.

Lui aussi a laissé sonner son téléphone. Gabriella ne donne pas cher de sa peau... Mais ce n'est pas son problème. Elle n'a rien contre Béa mais c'est le jeu de *L'Amour et du hasard* (un titre aperçu entre deux exercices d'assouplissement tout à l'heure, juste à côté de *N'exagérons rien !* série SUPER NOIRE). Et puis, Béa aura de nouveau son chéri rien que pour elle dans deux jours ; Gabriella ne compte pas s'installer au Havre. Quoique l'idée la séduise assez. Elle est en train de tomber amoureuse de ce "petit New York soviétique" comme l'appelle drôlement Francis. Dès qu'elle le pourra, elle reviendra faire une virée avec Tina, ici. Elle s'imagine très bien avec elle, sur les galets, un cornet de frites dans une main, une canette de Saint-Joseph dans l'autre, à retrouver leurs fous rires d'antan, à se raconter des histoires drôles pas drôles.

Les chaussures et la veste en cuir de Gabriel sont dans l'entrée. Gabriella va dans la salle de bain. La baignoire, petite, ressemble à un sabot, mais ce sera bien de finir cette journée dans une eau chaude et de la mousse. Elle colore le filet chaud de quelques gouttes de gel douche parfumé. Si elle en avait la possibilité, elle irait jusqu'à faire brûler une bougie aux huiles essentielles. Elle ferait sa dame. Au moment où elle retire sa culotte, un peu de sperme coule le long de ses cuisses. Sans préservatifs, ils ont fait attention tant qu'ils ont pu, mais le dernier corps à corps... Gabriella s'installe tant bien que mal dans la baignoire, ses deux longues jambes pliées devant elle et s'enfonce jusqu'à ce que l'eau et la mousse recouvrent ses seins. Elle rêve un peu. Elle ne regardera pas ses messages ce soir. Ni sur son portable ni sur son téléphone. Elle veut rester sur cette impression de paix. Demain, il sera bien temps de retrouver ses followers, la mouette rieuse, la petite Brune, les affaires troubles de la Mairie, le noyé chelou et ses ennemis sans envergure, le stand *Escuela Bolivia* et ses clients soporifiques, les poèmes de Fuego...

Du bruit dans la chambre de Gabriel. Merde. La partie de détente sonne son *Game over*.

Gabriel toque. *T'es là, Gabriella ?* Sa voix est anormalement douce. Un peu fébrile.

— Entre.

Le Poulpe ouvre la porte mais s'apprête à la fermer aussitôt voyant Gabriella dans la baignoire.

— Reste. Y a la mousse.

Il avance, pataud, s'assoit sur un angle de la baignoire. Il a une drôle de tête. Envie de lui mettre des bulles de savon sur le bout du nez pour le dérider.

— T'as pas écouté tes messages ?

— Non... Je vais pas te mentir, Francis et moi, on...

— Je ne te parle pas de ça. Mon dernier message...

— Non. Tu veux prendre un bain ?

— Gabriella, j'ai quelque chose à te dire.

Elle n'aime ni le ton ni la mine qui va avec. Par réflexe, ne pensant plus à ses nénés, elle se dresse dans la baignoire. Un truc ne va pas. Le Poulpe ne bouge pas. Il dessine des cercles lents avec son majeur dans la mousse.

— Tu commences à me foutre les jetons.

— Tina...

— Tina.

— Pedro. Il a cherché à te contacter toute la soirée.

— Pedro ? Ça fait des plombes qu'il ne m'a pas appelée. Tu veux pas faire une phrase complète ?

— Tina est morte. On a retrouvé son corps à La Paz, à quelques mètres de la prison.

Quand Gabriel l'entoure de ses bras, Gabriella reste inerte et molle comme le cadavre d'une mouette échouée sur la grève à marée basse.

12

Samedi 29 juin, 10 h du matin,
L'Impromptu.

— De la merde, cette série, j'te dis !

— Laquelle ?

— *De Grâce !* Pour qui ils font passer les syndicats, ces enculés ?

— T'énerve pas, Walid...

— De la propagande d'extrême-droite, c'est tout !

— Sur ARTE ? Propagande d'extrême-droite ?

— Pour une fois qu'on parle de nous...

— De nous qui ?

— Des dockers !

— Laisse tomber. Si ça tenait qu'à moi, j'irais leur casser les genoux.

— Comme au bon vieux temps de la lutte ?

— Vous êtes rien cons tous les deux ! Vous allez moins rire quand vous allez découvrir les résultats du premier tour demain ! Tous des fachos, j'vous dis.

La dissolution, les législatives... Est-ce que Le Poulpe a l'intention d'aller voter pour une fois ? Ils n'en ont pas parlé. Ça pue depuis si longtemps en France et ça ne l'intéresse pas. Gabriella pense à la cabane qui l'attend dans la forêt amazonienne. Elle pense à Tina qui ne la verra jamais.

Un titre de livre lui revient, celui d'un recueil de poésie à la couverture noire, chopé sur une étagère du *Feu Sacré* : *Nuit grave*. Elle l'a ouvert au hasard pour lire, sur des pages noires elles aussi, ces mots blancs :

Quand sait-on que c'est la nuit ?
Quand on ne sait plus s'il faut
sauver sa peau
ou s'apprêter à changer de peau ?

Le reste, elle ne s'en souvient pas. Pendant que la table d'à côté se marre, une aspirine fait *pschhhhhhit* dans son verre.

Tu crevais de faim dans ta misère
Tu vendais tes bras pour un morceau de pain
Mais ne crains plus rien, le jour se lève
Il fera bon vivre demain.

Non, Séb, il ne fera pas bon vivre demain. Ni ici ni ailleurs. Le corps de Tina a été découvert dans une ruelle de La Paz recouvert de sacs poubelles, à quelques pas de la prison. Deux coups de poignard dans le cœur. Signature des *Caimanes*. L'un des gangs de San Pédro.

— Ça va aller, Gabriella ? Le Poulpe est avec toi ?

— Non, ça ne va pas aller. Oui, Le Poulpe est avec moi.

— D'accord...

2 h 30 cette nuit,
20 h 30 en Bolivie.

— Pedro, avant de raccrocher : t'as eu des news d'Alvaro récemment ?

— Non. Il est sorti de San Pédro deux ans après toi, c'est tout ce que je sais.

— Je reçois des messages signés Fuego sur mon blog depuis une semaine. Je suis sûre que c'est lui.

— Qu'est-ce qu'il te voudrait ?

— Je sais pas... Tina m'a laissé un message dans la semaine, elle avait un truc à me dire sur *le Paraiso*...

— Elle se savait en danger ?

— Elle ne m'a pas dit.

— Ces messages que tu reçois, c'est en rapport avec sa mort, tu penses ?

— J'en sais rien. Quand on était ados à San Pédro, Alvaro et moi on s'est fait tatouer la même toile d'araignée sur l'épaule gauche chez Fuego...

— Et ?

— Le même jour, le 28 juin 2014, on s'est fait une promesse.

Silence.

— On s'est promis qu'on se retrouverait dans dix ans et qu'on se marierait. On a fait le pacte des gouttes de sang sur ma statuette Pachamama...

— S'il avait voulu te retrouver, il l'aurait fait depuis longtemps. Des conneries de mômes...

— Pas pour nous à l'époque. Hier, on était le 28 juin.

— Te fais pas trop de films, Gabriella. Ça fait un

moment que je ne suis plus en lien avec San Pédro mais je me renseigne pour Alvaro, je te rappelle.

Pedro a tort. À l'époque, Alvaro et elle, c'était tout sauf des conneries. Il le sait très bien.

Le Poulpe est aux petits soins pour Gabriella depuis cette nuit. Il la rejoint avec un paquet de croissants. Gabriella avale son eau effervescente en faisant la grimace.

— Méga dose de beurre pour la Poulpette.

Gabriel emploie rarement le surnom. D'habitude, ça la fait sourire. Là, elle a juste envie de mourir.

— Alors, la p'tite demoiselle, je lui sers quoi ce matin ?

— Un double expresso, Gus.

— C'est pas la forme ?

— Non, c'est pas la forme.

— Et le jeune homme ?

— Même chose.

— Tac tac.

Gus s'éloigne, chiffon sur l'épaule, cliché sur pattes du serveur version années 50. Ce serait pas étonnant qu'il participe à la course des garçons de café qui a lieu tous les ans au Havre.

— Pourquoi il dit tout le temps tac-tac ?

— Je sais pas. Je m'en fous.

— Je ne sais pas quoi faire pour t'aider...

Il est sincère. Il ne lui a même pas reparlé de Francis. Elle ne sait pas quoi faire non plus pour elle-même. À quel moment Tina a-t-elle été poignardée ? Quand elle avait le sexe de Francis dans sa bouche ? Quand a-t-elle appelé à l'aide ? Pendant que Gabriella vendait des porte-clés à des mémères philanthropes ?

Deux femmes prennent place à la table voisine. Genre bourges du Havre. Ou profs.

— Je te jure, ils ont foutu une grand-mère à terre. Elle ne faisait qu'agiter un drapeau palestinien. C'était pas la seule mais c'est elle qui a morflé.

— T'y étais ?

— J'ai tout vu. Aux jardins suspendus, “La poésie sauvera-t-elle le monde ?” Tu parles ! Il paraît qu'elle a le bras cassé.

— C'est comme pour la mouette à la bib.

— “La mouette flingueuse”, elle est revenue ?

— Non, une vraie mouette ! Les mecs ont essayé de l'attraper en vol. Ils se sont jetés sur la femme qui animait le débat. Elle a fait une crise d'asthme juste après.

— “Un Havre de paix”, sans dec'... Des méthodes fascistes, oui.

— Moi, ça m'étonne pas. L'affaire Gody avec la Mairie, t'en as entendu reparler depuis qu'il est mort ?

— Non...

— Détournement de fonds publics, favoritisme et harcèlement moral... plouf, engloutis dans le Bassin du commerce ! Pratique, hein.

— Mister Peace, c'était un homme d'affaires à l'International au départ, non ?

— Tu parles. Un VRP magouilleur à l'Internationale, oui ! Un petit caïd qui a mal fini comme tous les petits caïds. Tu sais que sa fille est dans mon bahut ?

— Pauvre petite...

— La veille de la mort de son père, elle s'est battue dans la cour du collège avec une gamine de sa classe. C'est un surveillant qui les a séparées. Personne n'a réussi à leur tirer les vers du nez...

Tintamarre de verre cassé. Gus qui apporte les cafés râle contre la très jeune serveuse déjà accroupie pour ramasser les éclats entre les pieds des clients sous les tables. Deux types se marrent, les yeux rivés sur les fesses de la gamine pas beaucoup plus vieille qu'une Brune. Sur l'écran géant un moustachu en costard blanc et chemise bleu électrique se dandine sur une fausse musique latino.

Whoo ! les sud-américaines
Aux parfums qui se promènent
Tout près de moi
Des yeux tout ronds immenses
Sur vos hanches qui se balancent

De quoi relancer illico le mal de tête de Gabriella. Gabriel lève la tête vers le clip.

— Tiens, Fugain. C'est marrant...

— Pourquoi ?

— C'est le type qui a fait le disque au Havre, en 77...

— Ah.

Gabriel comme souvent lit dans sa tête

— Oui, bonjour les gros clichés. Les paroles, la

musique… Faut que tu me dises ce que tu veux faire, Gabriella. Rester au Havre, retourner à Paris ? T'as parlé à l'équipe de l'assoce ?

— Non, je comptais faire ça tout à l'heure aux Jardins. Je suis censée passer l'aprèm là-bas avec Louis. Ils ne savent rien. Mais là, je suis…

Gabriella ne finit pas sa phrase et Gabriel n'a pas le temps de piger ce qu'il se passe car la grande s'est levée d'un bond pour rejoindre les deux gars assis à la table du verre cassé. L'un d'eux, adipeux et chauve, a une main posée sur les reins de la serveuse revenue de l'arrière-salle avec une pelle et un balai pour ramasser les derniers morceaux.

Gabriella se plante devant lui.

— Tu fais quoi, là ?

Le mec rigolard, lève la tête vers elle “Hein ?” la main scotchée sur la jupette de la petite.

— Tu fais quoi ?

— Qu'est-ce qu'elle me veut, celle-là ?

Gus essuie ses verres derrière le zinc sans broncher, l'air un peu inquiet.

— *Celle-là*, elle veut que tu retires ta grosse patte de là.

— Elle t'embête ma main, Jenny ?

La gamine regarde Gabriella en secouant la tête de gauche à droite.

— Tu vois, ça la dérange pas. Alors de quoi tu te mêles la latinos ?

Gabriel arrive au trot pour tenter de calmer le jeu mais, trop tard, Gabriella est déjà en train de tordre le poignet du joufflu et le son qui s'échappe du gras gosier est aussi ridicule que celui qui sortait la veille de la gorge de la médiatrice à Niemeyer

— Pas de ça chez moi, mademoiselle ! Je vous aime bien mais...

Gus avance d'une manière étrange vers Gabriella, version crabe, son chiffon tendu à bout de bras devant lui. Il a raison de se méfier.

— Parce que chez toi, par contre, on peut mettre des mains aux culs de gamines de 13 ans ?

— Elle a 16 ans ! TAC TAC !

La petite Jenny apeurée se planque derrière Le Poulpe — pour se protéger de qui ? Gabriel glisse quelques mots à l'oreille de Gabriella pour essayer de la raisonner. Qu'il aille se faire foutre lui aussi. La torsion qu'elle pratique sur le bras du porc le fait hurler de plus belle de son cri de goéland étranglé. Qu'ils crèvent tous, ceux d'hier, ceux d'aujourd'hui. Elle croise le regard de la serveuse ; c'est de l'épouvante qu'elle y voit. Gabriella sait à quoi elle ressemble à l'instant : la *furiosa* du *Paraiso* est de retour. Pachamama brûle dans la poche de son treillis. Ceux qui ont assassiné Tina vont le payer. Et si sa mort a le moindre lien avec Le Havre, cette ville doit se préparer à être dévastée une deuxième fois. Ils auront intérêt à se dégoter un nouveau Perret en prévision de la reconstruction après le passage de la tempête Gabriella.

Elle lâche le chauve qui se croit sauf et qui regarde quelques secondes son poignet avec un étonnement stupide. Il ne voit pas venir le coup de genou dans son entrejambes. Sa face rouge s'écrase contre les carreaux noir et blanc de *l'Impromptu*. Gabriella dégage sa main de celle du Poulpe qui essaie, en vain, de l'entraîner vers la sortie. Elle ne voit pas non plus les deux hommes prêts à lui sauter dessus pour la mettre à terre. Et le bar en entier retient son souffle quand elle saute sur le dos du gros à terre pour imiter les gesticulations des fausses "latinos" du clip.

Ah ! je suis branché sur les cha-chas
Que c'est bon, que c'est beau
Que c'est chaud, que c'est bon tout ça !

Que c'est bon, que c'est beau
Que c'est chaud, que c'est bon tout ça !
Ah ayah ayah yah !

13

15 h 30, sortie du commissariat de Police,
rue de l'Alma.

— Très sympas les flics, ici ! Limite trop. Quand tu ressors de là, t'as presque envie d'y retourner pour leur offrir des chocolats !

— C'est bien la première fois que je t'entends parler comme ça des lardons...

— C'est *gros dégueulasse* qui va avoir des problèmes, pas moi.

— Tu l'as pourtant bien amoché.

— Assistance à mineure en danger.

Après trois heures passées au poste, Gabriella est en pleine forme. Ce qui n'est pas pour rassurer

Gabriel. Elle le voit à son air. Il a l'air soucieux et ce n'est pas à cause de la scène du bar ni de la possible amende à la clé ; ils en ont vu d'autres tous les deux. C'est sa voix qui la trahit. Depuis cette nuit, son cerveau est saturé d'images qui s'assemblent à une allure aussi folle que celles du générique du film *Soleil vert*. À ceci près qu'il ne faut pas chercher de logique dans l'enchaînement des visions qui défilent dans sa tête. Superposition de décors, de personnages et de scènes boliviennes, parisiennes, havraises... Confusion et brouhaha.

La mer n'est pas loin (n'est loin de rien au Havre). Le Poulpe passe son grand bras sous celui de Gabriella pour l'entraîner vers les gargotes de la plage, le grand air lui fera le plus grand bien. Mais c'est elle qui donne le rythme, il a du mal à suivre. Le ciel est bleu pastel mais il bruine de nouveau. Sa capuche de *K-Way* sur le nez, elle fonce droit devant, évitant de justesse un couple obligé de raser le mur.

— Tu ne veux pas te poser un peu ? T'as rien dormi cette nuit. On est à cinq minutes de l'appart.

— Pas la peine.

— J'ai eu Pedro au téléphone.

Gabriella ralentit le pas. Le trottoir est étroit, un goéland leur barre la route ; il n'a pas l'intention de s'écarter. À côté de lui, un sac poubelle gris, éjecté de son bac, éventré à coups de bec. Ces deux-là le dérangent. Gabriella le comprend. Elle aussi a vidé quelques poubelles il y a une dizaine d'années et elle aurait éborgné le premier intrus venu la déranger. Ils contournent l'oiseau blanc à la pupille fixe. Des mouettes ricanantes exécutent au même moment des vols bas au-dessus de leurs têtes.

— Pas de news d'Alvaro.

— Je sais qu'il me cherche. Pachamama le sent.

— Pedro n'est plus à La Paz depuis longtemps, il ne sait pas grand-chose de ce qu'il se passe là-bas… Pour Tina, il a su par Maria, sa tante.

Elle pose la main sur la poche de son pantalon treillis. Tout à l'heure, un joli policier lui a fait sortir tout ce qu'elle avait sur elle. Elle y est allée de son petit cours sur la cosmogonie andine. Il avait l'air intéressé.

— Tu crois que ton Alvaro a quelque chose à voir avec la mort de Tina ?

— Il n'aurait pas touché un cheveu de Tina. Il aurait tué pour elle. Comme moi.

— Il a passé deux ans de plus que toi à San Pédro. Tu ne sais pas ce qu'il a vécu pendant ces années….

— Il me cherche, parce qu'il me veut.

— Si c'est ça, ça craint, Gabriella.

Ils passent devant la brasserie *Georges B.* pour rejoindre le boulevard Albert 1er et, alors que les voitures au feu sont prêtes à redémarrer, Gabriella s'avance sur le passage piéton et s'arrête net devant Le Poulpe faisant caler une voiture déjà engagée.

— Et si moi aussi je le veux ?

Coups de klaxon. L'homme baisse sa vitre :

— Dégage, pétasse !

— *Chinga tu madre* ![3]

Gabriella lève un majeur en l'air en direction du chauffeur qui continue de jurer toute vitre baissée.

Elle reprend son sprint vers la promenade de la plage, coursée par Le Poulpe.

— T'es en plein délire ma pauvre fille... Gabriella, je te préviens, je te laisserai pas faire n'importe quoi. Pedro m'a demandé de te protéger. Lui, il est à l'autre bout du monde et il a 105 ans, je te rappelle.

— Me protéger de quoi ?

— De toi, d'abord !

— Et tu vas faire quoi ? Me séquestrer dans notre piaule havraise ? Tu veux connaître mon programme ? Je vais retrouver les fils de pute qui ont tué Tina et je vais dérouler leurs boyaux pour en faire des guirlandes sur toutes les coursives du *Paraiso*. C'est pas toi qui vas m'en empêcher ! Ni Pedro. Je retourne à La Paz.

— Ah oui, avec quel fric ?

Les galets sont à deux pas. Juste après le parking à trottinettes et juste devant le petit café-restaurant Les *Flots bleus* "ouvert de mars à septembre". Sur la plage, des cabanes blanches sont installées en rangées parallèles sur plusieurs centaines de mètres. Elles sont *mythiques* d'après Francis mais ça lui fait une belle jambe. La pluie a cessé mais l'embrun l'a remplacée et le vent qui vient du large est puissant. Le geste qu'elle esquisse pour essuyer les gouttelettes salées sur son visage ressemble à un coup de poing.

— T'as toujours pas compris ? La mort de Gody, la mort de Tina : c'est pile et face. Tu veux venger Tina ? Bouge-toi le cul, ma grande !

— C'est toi qui es en plein délire, si tu crois que tu vas me retenir ici avec ces conneries.

— Tina et Gody étaient en lien.

— Sans blague ? Son assoce est invitée au festival depuis le début. Ça fait partie du folklore “peace & love et Cie” : dans le décor, trois-quatre assos pour l’éducation populaire dans les pays en voie de développement et le tour est joué.

— En lien étroit. Ils se fréquentaient bien avant ça. Tu sais qui était Gody avant de devenir Mister Peace ?

— Tu veux pas me lâcher le bras, PapaPoulpe ? T’as peur que je me jette dans la Manche ou quoi ?

— Alors ?

— Vaguement. Un homme d’affaires, le patron de *SodaSud*.

— Tout au plus un VRP-petit costard de chez *SodaSud*, mais missionné en Amérique du Sud. Ça en jette tout de suite plus que le porte-à-porte en banlieue parisienne. Du moins, à première vue.

— Bon. Et ?

— Pendant ta petite partie de jambes en l’air avec Francis, j’ai eu le temps d’en enfiler des bières avec Sébastien Gianni...

“Partie de jambes en l’air” encore une expression bien moisie, ça ferait presque sourire Gabriella. Mais ce n’est pas suffisant.

— ... Et je peux te dire que le Gody, c’est tout sauf un bon vieux philanthrope.

— Sans déc’ ? Je les connais par cœur les gars qui se servent de *la mierda del mundo* pour faire leur beurre.

— Tu l’as peut-être même rencontré à San Pédro.

— Lui ? Au *Paraiso* ?

— Ce que j'essaie de te dire depuis tout à l'heure, c'est que si tu veux savoir ce qu'il s'est passé là-bas, cherche ici. On a l'appart jusqu'à demain soir, non ?

Oui, l'appart bord de mer jusqu'à dimanche soir. Et après ? Retour à Paris pour retrouver quoi ? Le studio vide de Tina ? C'est vrai, elle en a vu d'autres mais Gabriella sent ses jambes mollir sous elle. Elle s'appuie un instant sur l'épaule de Gabriel. Les galets se dérobent sous ses pieds. Jamais elle ne viendra ici avec Tina pour manger une barquette de frites. Elle pose ses fesses sur les pierres rondes, à quelques mètres de la Manche, le vent s'engouffre dans sa capuche et le grand air l'étourdit un peu. Le Poulpe s'assied tout contre elle, en silence. Sur "l'espace sport" de la plage, un homme, torse nu, le buste luisant et surgonflé, fait des tractions tandis qu'un autre à ses pieds s'adonne à une série de pompes. Il souffle comme un bœuf. Est-ce que l'air qui vient de la mer océane et remplit leurs poumons les rend plus performants ? Qu'est-ce qu'il y a en face déjà ? L'Angleterre ? Un porte-conteneurs se détache au loin sur un dégradé de vert et gris semblable à celui de la repro de Staël scotchée sur le frigo de Saint-Vincent. Un goéland traverse l'horizon au même moment pour participer lui aussi à l'effet carte postale. L'électricité qui parcourait le corps de Gabriella quelques minutes auparavant a disparu comme si quelqu'un avait appuyé sur le bouton off.

C'est à peine si le hurlement dans son dos la fait se retourner. Une mouette vient d'arracher sa gaufre à une touriste en sandales *Birkenstock* qui vocifère en désignant le ciel. Des ados assis en grappe sur la petite terrasse d'une cabane de plage se marrent. Gabriella cherche du regard une femme qui ressemblerait à la dresseuse de mouette de la bibliothèque, dans son souvenir, silhouette longiligne, cheveux mi-longs châtains, denim et T-shirt noir. Rien qui ne ressemble à ça dans son champ de vision.

— Tu sais ce qu'elles veulent ces filles, Gabriel ?

— De qui tu parles ?

— Des Mouettes. Tu le sais ? Arracher leurs gaufres aux connards. Les mouettes ont un sixième sens. Elles savent qui est qui.

— C'est Pachamama qui te l'a dit ?

— Pachamama sait tout, mais c'est à moi de trouver les réponses toutes seules. Tout à l'heure, au poste, j'ai entendu les flics parler de la fille qu'ils ont arrêtée jeudi soir. Tu sais comment elle a répondu à l'interrogatoire ?

— Non.

— En poussant des cris de mouette. A chaque question, un cri ou un rire, comme tu veux. Moi, je préfère l'idée du rire. Paraît que le mec qui a pris la déposition a grave pété un câble.

— Tu sais son nom ?

— Celle-là s'appelait Stella. Mais personne ne sait combien elles sont dans le commando. Elles agissent toujours séparément.

— Stella...

— Ouais, moi aussi ça me donne envie de boire une bière avant de rejoindre les Jardins.

— Tu leur as toujours pas dit pour Tina ?

— Non.

— Tu crois qu'il y aura quelqu'un pour continuer à faire vivre l'asso ?

— C'est pas mon problème. Ce que je veux, c'est savoir qui a tué Tina. Et si la réponse est au Havre, il me reste une journée et demie pour la trouver.

Le Poulpe passe un bras autour de l'épaule de Gabriella et s'apprête à poser un baiser sur sa tempe mais le fort coup de vent qui vient de la mer joue avec ses longues mèches de cheveux bruns ; il n'embrasse que des boucles humides et salées.

— Tu sais que, Blanche, la fille de Séb est dans le même collège que Brune ? À Raoul Dufy.

— Non. Pourquoi tu me dis ça ?

— Je ne sais pas. J'ai l'impression qu'il nous cachait quelque chose vendredi soir. Sa façon d'esquiver nos questions sur la veuve Gody... Il en sait peut-être plus que ce qu'il nous a déjà dit.

Gabriella sort son petit carnet de la poche de son *K-Way*, écrit deux trois mots et dessine deux trois traits. Il est temps que l'enquête commence.

14

16 h 30, les Jardins suspendus,
Sainte-Adresse.

"Vous m'entendez ? Vous m'entendez ?"

Sur le gazon central, une "sieste poétique". Quatre rangées de transats en arcs de cercle devant une installation sommaire (un pied de micro et deux grandes enceintes). La moyenne d'âge du public frise les cinquante-cinq ans. L'âge approximatif de la "poétesse". Des couples se tiennent la main, chacun avachi dans une chaise qui, alourdie par les fessiers, rase la pelouse, des gens en solo semblent avoir pris au pied de la lettre l'expression sieste poétique et s'assoupissent déjà, visage en arrière, bouche bée, alors que la femme en longue robe noire n'est pas encore installée. Gabriella a envie de tous les secouer. Ils pioncent. Tina a été assassinée, La Paz ramasse ses morts après un vrai-faux coup d'État et, eux, ils dorment tranquillou, comme dirait Le Poulpe. Les infos, partout dans le monde, c'est vraiment la grosse arnaque… Il y a deux semaines, ici, il n'y en avait que pour la flamme olympique et aujourd'hui, le fascisme en France est — comment ils disent déjà — "aux portes du pouvoir", l'autre crétin à peine majeur fait la Une de tous les journaux avec son sourire ultrabright (encore une expression du Poulpe) et plus rien d'autre n'existe.

— Ils sont combien ici à avoir voté RN aux Européennes, tu crois ?

— C'est pas un public à voter RN, ma grande. Réfléchis deux secondes.

— C'est elle, ta poétesse ?

— Je dois faire signer son livre pour quelqu'un.

— Ah oui… la grande mystérieuse. Je te préviens je ne m'assois pas dans ces hamacs.

— Transats.

— Ouais, c'est pareil. Je vais au stand *d'Escuela.*

— Je te rejoins. Je m'ferai bien un petit roupillon moi. J'ai bu la bière de trop et j'ai pas dormi de la nuit.

Violaine Louise manipule le micro à capote noire comme une grenade dont elle n'aurait pas le mode d'emploi. Les quelques spectateurs encore éveillés tendent l'oreille, inquiets, dans le but de capter le filet de voix qui essaie de se frayer un chemin jusqu'à leurs oreilles mais la poétesse semble réellement à bout de souffle, comme à l'agonie. "Et là, est-ce que vous m'entendez ?" Gabriella n'a pas le temps de lui faire du bouche-à-bouche pour la ranimer. D'ailleurs, elle a trouvé le mode d'emploi toute seule.

Je suis l'humaine qui va
sur le sentier de la vie
l'âme de la forêt
ouverte sur
le trouble
sang
humus

Je te conseille de ne pas trop t'égarer dans la

forêt amazonienne, poétesse… Elle continue d'exprimer la nature et le corps, le corps de la nature, la nature du corps, on ne sait plus bien. Un petit garçon sur les genoux de sa mère confie à une petite fille : "Et on a vu le monstre du Lokesse ! Hein, maman !" "Du Loch Ness, Gabin…" La femme assise à côté du Poulpe s'endort au milieu d'une phrase pour se réveiller au milieu d'une autre sans s'en rendre compte. Gabriella n'écoute pas la fin du poème, elle rejoint l'équipe *d'Escuela Bolivia.*

Personne ne les a avertis. Ils ne comprennent pas. Ils le répètent. "Comment c'est possible ?" "Pas Tina". Et Gabriella a beau fouiller en elle, elle ne parvient pas à y trouver une once de compassion. Chaque nouvelle larme qui coule de leurs yeux lui porte sur les nerfs. Son ventre est vide et sa tête ne parvient plus à produire un raisonnement sensé. Et puis, elle n'a pas réussi à pleurer, elle. Sa sœur est morte et rien ne sort. Raison de plus pour trouver leur chagrin affiché insupportable. Elle a envie de leur balancer ce qu'elle pense vraiment de la plupart de ces Européens qui œuvrent pour le bien commun dans les "pays du Sud" avec leur bonne conscience et leur morale facile, persuadés qu'à partir du moment où ils font de "l'écotourisme", ils sont projetés du côté des sauveurs, qui ne savent pas qu'en faisant "le bien", ils flirtent la plupart du temps avec le mal absolu. Il existe bel et bien une bêtise humaniste. Elle n'a qu'une envie, se tirer.

— Je peux te parler ?

Le grand Louis pose ses maigres phalanges sur son épaule alors qu'elle s'apprête à partir ; elle n'a aucune envie de subir les histoires des clients du stand ni ses pleurnicheries.

— Je ne vais pas rester, Louis. C'est au-dessus de mes forces.

— Je comprends, on s'occupe de tout. Je voulais juste te demander quelque chose. Tina ne t'a parlé de ce qu'il se passe à San Pédro en ce moment ?

— Qu'est-ce que tu veux dire ?

— Le volontourisme.

— Tina n'emploie pas ce genre de mots.

Gabriella se mord l'intérieur des joues, trop agressive et ce n'est pas malin. Elle a besoin d'infos.

— Excuse-moi, je suis vraiment crevée. Je n'ai pas dormi de la nuit.

— "volontourisme" : une forme de tourisme qui allie voyage et engagement volontaire.

— Je croyais que les touristes n'avaient plus accès à la prison depuis des années.

— Oui, mais les "volontouristes", si. Ils viennent dans un cadre humanitaire et la prison a besoin d'eux pour fonctionner à un certain niveau.

Ça s'agite autour du stand. Deux hommes en noir courent après un troisième homme en sarouel vert anis. Ce qui n'est pas la meilleure tenue pour improviser un 100 mètres.

— Et bien ?

— Quand on a réglé les derniers points d'organisation pour le festival, juste avant qu'elle parte en Bolivie, Tina m'a dit quelque chose au téléphone qui sonne bizarrement aujourd'hui. Je ne me souviens plus des termes exacts mais ça ressemblait à : “S’il m’arrive quelque chose pendant cette mission, je voudrais que toi et Sandrine laissiez tomber l’assoce.” Je lui ai même fait répéter, je pensais avoir mal compris “Tu veux dire au contraire qu’on gère *Escuela Bolivia* à ta place ?” Elle a insisté : “Non. T’as bien entendu. Que vous liquidiez l’assoce.” J’ai pris ça à la rigolade en lui demandant si elle avait peur de se faire bouffer par un jaguar ou un anaconda, mais j’ai senti qu’elle parlait d’un autre genre de danger. D’un danger qui nous concernait directement.

À vingt mètres de là, le gars en sarouel a maintenant le nez enfoncé dans un parterre de fleurs exotiques. Il est pourtant bien indiqué de ne “pas toucher à la végétation du jardin”. L’un des malabars sur son dos pratique une de ces clés de bras version BAC dont Gabriella a aussi le secret, tandis que l’autre sort des menottes plastiques de sa poche arrière. L’espace d’un millième de seconde elle croit reconnaître le visage autrefois familier d’un gars de San Pédro qui aurait pris dix ans dans les dents. Il est temps qu’elle mange un bout avant de se mettre à complètement délirer.

— “Nous” qui, Louis ?

— Nous les bénévoles, les gens comme toi et moi, impliqués dans l’asso.

— Mais le rapport avec... le volontourisme et San Pédro ?

— Tina m’a dit qu’en rentrant, elle nous parlerait d’un truc qui commence à craindre dans la prison.

— Je te rassure, tout "craint" là-bas.

— Oui, je sais... Tina m'a fait le topo. Je devais me rendre bientôt à La Paz pour faire cours aux enfants. Mais il s'agit de quelque chose de nouveau.

Gabriella sent une petite crispation en elle. Qu'elle ne parvient pas à identifier immédiatement mais qui prend forme au fur et à mesure que Louis déballe son histoire : elle est jalouse. Jalouse et vexée de ne pas avoir été mise dans la confidence, que Tina sa meilleure amie se soit confiée à ce grand dadais de Louis au lieu de lui parler à elle.

— Elle ne m'a rien dit de plus. J'en ai même pas parlé à Sandrine à ce moment-là, ça m'avait paru étrange mais anecdotique. Tina était toujours un peu nerveuse avant ses séjours à La Paz. Surtout ces dix derniers mois.

Nerveuse ? Gabriella essaye de se rappeler l'état de Tina la veille de son départ un mois auparavant. Elles s'étaient fait un plateau-ordi à la maison et avaient rigolé devant des vidéos de *Koh Lanta* en buvant du *Singani* à même le goulot. Tina était partie à l'aube le lendemain en prenant garde de ne pas la réveiller si bien que Gabriella n'avait pas pu lui dire au revoir ni la serrer dans ses bras comme elles avaient l'habitude de le faire chaque fois qu'elles étaient amenées à se séparer. Elle avait laissé un mot sur la table de la cuisine : *Hasta pronto, hermanita. Cuídate. Te amo, ¿lo sabes?*[4] Le bout de papier est encore aimanté sur la porte du frigo. En y pensant, Gabriella sent monter une émotion qui risque de la mettre à terre si elle ne détale pas du stand tout de suite. Mais Le Poulpe arrive au pas de course.

— T'as vu ce qu'il vient de passer ?

— Le mec au sarouel et les deux Rottweiler ?

— Ça commence à déconner gravement ici ! C'est quoi ces méthodes de faf ? Le mec somnolait sur un transat un joint à la main, les deux nazis lui ont demandé de se lever et de les suivre. Comme il refusait, ils l'ont obligé à se lever. J'ai voulu intervenir mais le gars s'est mis à courir. T'as vu la suite. Personne n'a bronché.

— Ça t'étonne ?

— Ah si. La poète a crié dans son micro : "Assez de toute cette violence ! Si ça continue comme ça, je vais partir !" Mais elle est restée.

— Elle écrira une tribune ou une pétition demain. Y a pas que mon cerveau qui est en train de dérailler... Faut que je dorme une petite heure sinon je vais tourner de l'œil.

— T'es toute pâle, oui.

— Tina était mêlée à un truc louche. Ça ne lui ressemble pas. Faut que tu m'aides à savoir louche à quel point.

— Tu veux faire une pause à l'appart ? Ce sera mieux qu'ici. Les transats sont confortables mais la poésie est gnangnan.

— Et toi, tu vas faire quoi ?

— Tout ce qui est en mon pouvoir pour t'aider à résoudre cette affaire. Je revois Séb tout à l'heure.

— Je t'ai déjà dit que je t'aimais, Poulpou ?

— J'en ai pas le souvenir.

— Bah, je te le dis. C'est mieux que de laisser un mot sur la table de la cuisine.

— Hein ?

— Rien. J'y vais.

Sur le gazon, une nouvelle poétesse. Pendant que cette dernière met le sexe de son amant dans sa bouche – du moins, dans son texte – la copine du petit Gabin, assise au premier rang, observe les déplacements rapides d'une fourmi noire sur son bras qu'elle contorsionne gracieusement pour aider l'insecte à déambuler le plus longtemps possible sur sa peau parsemée de grains de beauté. Cela inspire dans l'instant un poème à Gabriella mais elle est bien trop crevée pour s'y mettre.

La porte de l'appart de Saint-Vincent est entrebâillée, la serrure a sauté. Aucun bruit. Gabriella plonge lestement la main dans la doublure en tissu de son sac pour s'emparer de son couteau-papillon. D'un bras étiré, elle pousse la porte avec la concentration d'une murène en embuscade prête à planter ses dents-rasoir dans la première glotte venue. Son rythme cardiaque n'accélère pas. Des sensations d'antan reviennent, une adrénaline qu'elle reconnaît et dont elle ne saurait dire si elle est désagréable ou agréable. Elle aurait tendance à pencher pour la deuxième option. Étrangement, l'effet conjugué de la faim et de la fatigue a décuplé l'acuité de ses sens ces dernières heures. Elle ne voit pas grand-chose cependant ; l'appartement est plongé dans l'obscurité, comme si quelqu'un avait pris soin d'en tirer tous les stores. Gabriella avance à tâtons le dos collé au mur du petit couloir menant au salon. Mais elle n'a pas le temps de l'atteindre qu'une main agrippe sa cheville gauche. En réplique instantanée, sa *Dr. Martens* droite ne fait pas de chichi et vient écrabouiller avec force et détermination l'avant-bras de l'individu à terre. Craquement d'os et hurlement.

— Stooooop !

Quand elle appuie sur l'interrupteur, c'est le visage ensanglanté de Francis qui apparaît. Gabriella tente de rassembler rapidement les pièces du puzzle - mais rien ne vient - avant de s'accroupir à hauteur du bouquiniste salement amoché.

— Qu'est-ce que tu fous là, Francis ?

Sa bouche tuméfiée s'ouvre pour dire quelque chose et se referme aussitôt. Entre les mains de Gabriella, la tête de son amant havrais ballotte, un drôle de sourire sur les lèvres.

15

21 h, urgences de
l'hôpital Jacques Monod.

Tête enturbannée, visage tuméfié, bras dans le plâtre... Francis fait peine à voir ainsi allongé sur ce lit d'hôpital. Mais il est toujours aussi séduisant. Même avec cet œil au beurre noir qui a viré mi-brique, mi-sang de bœuf depuis hier soir. Dangereux, les encyclopédies. À l'interne qui l'a accueilli, Francis a parlé du cocard comme d'une séquelle de la bagarre avec "le cambrioleur". Pareil pour le poignet cassé... Gabriella n'en est pas fière mais comment pouvait-elle imaginer qu'elle trouverait Francis en sang, allongé dans l'entrée de l'appartement ? Elle qui voulait piquer un roupillon, c'est raté. Quoique... Gabriel n'est toujours pas arrivé, elle s'allongerait bien quelques minutes sur le lit. Son bel amant abîmé est dans les vapes. L'infirmière lui a filé un cocktail de cachetons anti-douleur et Gabriella a pour mission de le surveiller. Manque de personnel dans l'hosto. Un scanner est prévu demain matin. C'est le moment de faire une micro-sieste. Elle le pousse un peu pour se faire une petite place. Ça le fait gémir. Mais pas comme la dernière fois. Elle se colle à lui et pose une main sur son buste. Elle retrouve ses pectoraux et ça l'excite illico. Est-ce bien normal de penser sexe à cet instant ? Elle se rassure en se rappelant les mots d'un spécialiste sur les temps de chaos et leur influence sur la libido des individus : instinct de survie, élan vital décuplé. C'est vrai qu'à San Pédro, Alvaro et elle faisaient l'amour comme des dératés chaque fois que la camarde venait les renifler de près ou que, pour la énième fois, elle les avait épargnés.

Alvaro l'a retrouvée. Le cambrioleur, c'est lui, c'est certain. Francis n'a pas distingué les traits de l'homme qui l'a attaqué, tout s'est passé très vite, mais il a eu le temps d'apercevoir une toile d'araignée dépasser de son T-shirt. Pas le moment de l'éclairer sur le sujet. Que tout le monde s'en tienne à la thèse du cambrioleur, lui, l'hôpital, les flics… Gabriella ne sait pas quoi penser de cette nouvelle, mais elle n'est pas surprise de savoir qu'Alvaro a parcouru 9 500 kilomètres pour la retrouver. Son cerveau lui a joué un drôle de tour durant toutes ces années loin de San Pedro. Lui qui retient tout a zappé ce qui l'a maintenue debout durant ses deux dernières années à la prison. Elle douterait même de ce qu'elle y a vécu avec son Roméo de La Paz. Les souvenirs lui reviennent par séances incohérentes, comme un film monté dans le désordre. Mais ce dont elle se souvient à présent nettement, c'est qu'elle a failli ne pas quitter la prison quand Pedro lui a délivré les papiers dont elle avait besoin pour rejoindre la France car elle ne s'imaginait pas quitter son amoureux. Le plus étrange dans l'histoire, c'est qu'elle a beau penser à son visage, à son corps, aux risques qu'ils ont pris pour vivre leur passion adolescente au sein de la prison, elle ne ressent aucune émotion qui ressemblerait à ce qu'on appelle "le sentiment amoureux". Et si elle est honnête et qu'elle fouille bien dans les déblais de son cerveau, c'est plutôt un sentiment de honte et de culpabilité qui émerge. Alvaro n'aura été qu'un passe-temps qu'elle aura pris un peu plus au sérieux qu'un autre pendant deux ans. Un passe-temps de jeune fille.

Elle se love un peu plus contre le corps de son bouquiniste préféré et glisse sa main jusqu'à son bas de pyjama bleu serré à la taille par un cordon rudimentaire. Pas très seyant. Le tissu-papier se dresse légèrement sous l'effet de la caresse. Francis reprend des forces, c'est bien. Mais il est grognon.

— Gabriella… Tu crois que c'est le moment ? J'ai deux de tens', là…

— Ça tombe bien, moi aussi. T'as déjà fait l'amour sur un lit d'hôpital ?

— Je peux pas bouger mon bras droit. Je peux pas bouger tout court. Je me demande s'il m'a pas cassé la mâchoire, ce con.

— En tout cas, en bas, ça bouge toujours. Quand je fais ça avec ma jambe… Tu sens ?

— C'est un réflexe. J'ai pas la tête à ça.

— Quel rabat-joie…

— Sans dec' ? T'as conscience que je viens de me faire latter la gueule quand même ?

— Et toi, que je viens de perdre ma meilleure amie ?

— Je sais, Gabriel m'a dit… Et tu penses à baiser quand tes meilleurs amis meurent, toi ?

— C'est pas sympa, ça…

— Quand j'ai dit que t'étais une drôle de fille, je savais pas à quel point. C'est carrément flippant.

Gabriella manque de tomber en se redressant sur le bord du lit.

— Ouais, tout est flippant et triste et absurde, t'as remarqué ? Et c'est pour ça que j'ai envie de faire l'amour comme à chaque fois que tout déraille et qu'il n'y a rien à faire de mieux que de baiser comme tu dis. Et si tu comprends pas ça, je te laisse à ton pyj en papier et tes médocs et je me tire loin d'ici. Adios, gringo !

— Fais pas ta *drama queen*…

Lui aussi emploie cette expression à la con ? Il a

dit ça avec douceur. Ça suffit pour que toutes les larmes stockées quelque part depuis l'annonce de la mort de Tina dégoulinent sur les joues de Gabriella, assez pour remplir en quelques minutes tout un Bassin du commerce.

— Excuse-moi, je suis un vieux con. Prends-moi dans tes bras, caresse-moi, fais ce que tu veux, mais ne pleure pas, Gabriella.

Un jour, Le Poulpe lui a demandé si elle connaissait la différence entre un misogyne et un macho. Quand le miso voit une femme pleurer, ça l'énerve, le macho a envie de la consoler. Ce n'est pas trop dans l'air du temps, mais elle a de la tendresse pour les machos. Ça lui rappelle son acteur préféré, Lino Ventura. Merci pour les séances de ciné en plein air, Pedro. Des éclats de voix arrivent du bout du couloir. Hurlements de femmes et d'hommes mêlés. Ce n'est pas ce qui l'empêchera de dormir.

— Pourquoi t'es venu à l'appart tout à l'heure ?

— À ton avis ?

— Je ne sais pas. Ne me demande pas de réfléchir. T'as vu ta tête dans la glace ? C'est l'état de mon cerveau en ce moment : compote.

Le vacarme s'intensifie de l'autre côté du mur. Gabriella pose sa tête sur l'oreiller, tout contre la gaze blanche qui enserre le crâne de Francis.

— Je voulais te voir, pauvre pomme.

— Pourquoi faire ?

— Pour faire tout ce que tu veux. Béa m'a foutu dehors.

— Ah.

— Je suis à la rue. Un pauvre SDF, tu vois. Mais moi, je ne suis pas Mère Teresa.

— Et ta boutique ?

— Mon cagibi, oui, je vais devoir installer un lit de…

La porte s'ouvre brusquement. Une femme surgit retenue par deux infirmiers et… Le Poulpe qui, visiblement, vient de se prendre un gnon sur la joue gauche. Elle a la cinquantaine, elle est brune, grande, belle et échevelée, comme tombée du lit dans une robe qui ressemble à un T-shirt (ou le contraire). Sexy. Béa a l'air très fâchée.

— J'en étais sûre. Sale pute.

Gabriella saute hors du lit et Francis, en totale panique, s'agrippe à la potence pour se relever. Potence, ce truc porte bien son nom… Il va falloir la jouer fine sinon ça risque de dégénérer grave d'ici quelques minutes.

— Lâchez-moi les blaireaux. Je veux juste qu'elle dégage.

Gabriella peut entendre les soubresauts du cœur de Francis dans sa cage thoracique. Un peu mauviette son faux marin. Un peu grossière la bibliothécaire.

— Mademoiselle nous a dit qu'elle était sa fille, s'aventure l'infirmier chauve.

— Sa fille ! Oui, c'est sûr ! Sa petite-fille, même ! Monsieur n'a pas peur du ridicule ! Monsieur joue les Don Juan de pacotille la veille de ses 63 balais ! Et vous, vous laissez entrer n'importe qui dans vos chambres !

— Et pendant que vous faites votre crise, des

patients agonisent sur des brancards dans le couloir ! s'indigne l'infirmier à catogan, j'appelle la sécurité.

— Laissez-la, déclare Gabriella, j'allais partir.

Les deux infirmiers et Le Poulpe se regardent, hésitent et finissent par relâcher leur étreinte, juste ce qu'il faut de latitude à Béa pour se jeter sur Gabriella qui entreprend sans réfléchir un coup de pied balayette au niveau du tibia de son apprentie assaillante. La prise a pour effet de faire valser la fonctionnaire à travers la chambre. Le bruit mat de la tête contre le mur blanc prend tout le monde de court. Pendant une seconde dans la chambre plus rien ne respire, plus rien ne bouge. Gabriella se tourne vers Francis en haussant les épaules, paumes levées vers le plafond. L'air qu'il affiche est impénétrable. Il semble si vieux tout d'un coup. Gabriel, lui, pince le haut de son nez entre son pouce et son index comme Lino Ventura quand il est au bout de sa vie. Dans quel film déjà ? Tous. Ça lui va bien, à PapaPoulpe.

Tandis que les infirmiers s'élancent vers Béa pour la ranimer, Gabriel fait signe à sa Miss Catastrophe : on se tire. Galopade jusqu'à la sortie de l'hosto.

— Tu les arrêtes quand, tes conneries ?

— C'est toi qui as prévenu, Béa ?

— C'est sa femme jusqu'à preuve du contraire.

— Sont pas mariés… Elle l'a foutu dehors.

— Ouais, bah, visiblement, elle a changé d'avis.

— T'es passé à l'appart ?

— 600 euros de serrure, tarif nuit, payable en trois fois. Génial.

— Je vais voir avec l'assurance de Sandrine…

— Bizarre, le mec n'a rien touché. Francis a dû le surprendre. Tu lui as demandé comment ça s'est passé ?

— Pas eu le temps… C'est Alvaro.

— Hein ?

Gabriella s'appuie contre un réverbère à bout de souffle.

— Tu peux me dire pourquoi on court ? J'ai plus de jambes.

— Parce que c'est la deuxième personne que tu agresses depuis ce matin et que t'as intérêt à te faire toute petite à partir de maintenant.

— Je fais 1,80 mètre, ça va être dur.

— J'suis mort de rire.

— De toute façon, ce soir, c'est légitime défense. Tout le monde en témoignera. C'est elle qui…

— Bah voyons ! À l'heure qu'il est, Béa est peut-être dans le coma !

— Bichette…

— En tout cas, c'est la dernière fois que je te présente un pote de jeunesse. T'es pire que Tchernobyl.

— Tchernoquoi ? Je m'en fiche de ton pote… Alvaro est au Havre et il va me dire qui a tué Tina. Faut que je le retrouve.

— Il a de drôle de manières ton Alvaro. Ça lui arrive souvent de défoncer les serrures quand il rend visite aux gens ?

— …

— Et si c'est lui qui a tué Tina ? Ça pue cette histoire. Tu parles d'un séjour iodé.

Arrêt du C1. Gabriella est prête à se coucher sur le banc métallique et froid pour enfin dormir jusqu'à l'aube. Le bus n'arrivera pas avant quinze minutes. Vingt-quatre heures qu'elle n'a pas dormi. Gabriel se frotte la mâchoire.

— T'as un gros bleu... C'est la bibliothécaire ?

Gabriella bâille, s'étire, pose sa tête sur l'épaule de PapaPoulpe.

— J'ai appris des choses sur Maddy Beauvoir. Ça va t'intéresser.

Un petit ronflement de fille s'échappe du joli nez de Gabriella. Ça l'intéressera, mais demain.

16

Dimanche 30 juin, 9 h,
appartement Saint-Vincent,

Ha llegado la hora.
Al frente tuyo hay un espejo con forma de papel.
Escupe ahora lo que tengas que decir,
hazte fuego,
hazte herida,
no lo pienses,

dispara.

Le moment est venu.
Devant toi se trouve un miroir en forme de papier.

Crache maintenant ce que tu as à dire,
sois feu,
sois plaie,
n'hésite plus,

tire.

Le dernier message de Fuego daté du samedi 29 juin minuit sur le blog est clair : Gabriella va devoir répondre de sa promesse de 2014. Alvaro est venu jusqu'au Havre pour cela. Il n'est pas du genre à prendre les choses à la légère et elle le connaît assez pour savoir qu'il est capable de tout quand il s'agit d'amour et d'honneur. Elle l'a vu à l'œuvre. Leur histoire à San Pédro, c'était Roméo et Juliette version bolivienne. Une prison, deux gangs, deux familles, deux ados fous d'amour, des emmerdes à gogo. Tina, Mario et Pedro ont dégusté à cause d'elle. À l'époque, elle leur en a fait voir de toutes les couleurs de la wiphala[5]. Elle les a mis en danger plus d'une fois, sourde à tous leurs conseils, à tous leurs avertissements. Alvaro a menacé de se suicider quand il a appris l'éminence de son départ pour la France. Aujourd'hui, elle se demande si Pedro n'a pas précipité sa sortie de prison pour l'éloigner définitivement de lui. C'est raté. Mais si le cœur de Gabriella se fissure de toutes parts, ce n'est pas en pensant à son ex-Roméo, mais en rappelant à elle le souvenir de son père d'adoption. Et celui de Tina.

Gabriella cherche des indices du passage d'Alvaro dans l'appartement. Rien. Francis lui a parlé d'un homme de taille moyenne, brun, à l'allure athlétique, qui lui a sauté au visage avant même qu'il ait le temps de passer la tête dans le salon. La porte d'entrée était ouverte. Francis n'a pas fait attention à l'état de la serrure avant de s'engager. Puis tout a été très vite.

Le goéland du matin est au rendez-vous sur le petit balcon du 2e étage de la rue Frédéric Bellanger. Gabriella a zéro miette de quoi que ce soit à lui proposer. Il repart. On dit "vexé comme un pou", on devrait dire "vexé comme un goéland". Le Poulpe, en bon lève-tôt, a déjà quitté l'appartement. Il a laissé un mot sur le plan de travail de la kitchenette : *rendez-vous à 11 h 15 au pied du funiculaire*. La mer est toute proche, pas la peine de se pencher pour la voir distinctement. À l'horizon, un paquebot passe entre deux immeubles sur une mer plus verte que grise devant de blancs nuages Barbapapa : on dirait un tableau composé juste pour elle, à l'instant. Elle sait très bien ce que dirait Gabriel : "C'est marrant cette manie qu'ont les jolies filles de penser que le monde a pour dessein de répondre à leurs désirs de chaque seconde". C'est en partie vrai, songe Gabriella, sauf que le monde a parfois envers les jeunes filles des desseins beaucoup moins charitables.

Le glouglou de la cafetière italienne l'appelle dans la cuisine mais c'est sur la plage qu'elle ira boire son café avant de rejoindre PapaPoulpe.

17

Porte océane,
Skatepark de la plage, 10 h.

Le café est encore chaud quand elle atteint les galets. Gabriella s'imagine très bien vivre cette scène tous les prochains matins de sa vie. Penser à Paris lui fout le cafard. Quel sens d'y rester à présent ? Elle pourrait tout aussi bien se trouver des petits jobs au Havre et se louer un studio près de la mer. Ça sera toujours dix fois moins cher que dans la capitale. Le Poulpe viendra la voir avec Rantanplan-Jupiter et sa mystérieuse maîtresse : 2 h 20 de TER, c'est pas La Manche à boire et il paraît que le TGV arrivera ici d'ici cinq ans. Elle se dit aussitôt que c'est n'importe quoi mais l'idée la fait rêvasser juste ce qu'il lui faut de temps pour finir son mug sur lequel une caricature d'oiseau blanc s'exclame : “C'est mouette le Havre !” (Gabriella, nulle en jeux de mots, a mis un moment avant de comprendre). Elle le rince avec de l'eau de mer avant de le ranger dans son sac. Il est temps de rejoindre Gabriel au funiculaire mais elle pousse avant jusqu'au “plus grand skatepark français à ciel ouvert” qui, arrivée sur place, lui semble bien petit. Ses courbes douces se fondent harmonieusement dans l'architecture de la Porte Océane. La municipalité a certainement payé un street artist pour la déco, rien d'original. Les jeunes havrais se sont chargés d'apporter leur touche perso sous forme de tags sauvages bombés par-dessus l'œuvre officielle.

Ça, c'est plus sympa. À ce niveau, si l'on regarde vers la ville, se dresse un petit gratte-ciel, point de repère du Havre quel que soit l'endroit où l'on se situe. Gabriella réalise qu'il s'agit de l'église dessinée sur l'étiquette de la bière de *l'Impromptu* : la *Saint-Joseph*. Drôle d'idée de donner le nom d'un lieu de culte à une binouze... Il paraît que l'intérieur vaut le coup d'œil. Mais quand ?

Gabriella s'apprête à décoller quand une silhouette lutine surgit devant elle. Brune, fluette, petite, mais étrangement plus grande que la dernière fois à Niemeyer.

— Vous vous souvenez de moi ?

— Parfaitement.

— Jeudi soir. Vous m'avez sauvé la vie.

— Sauvé la vie, faut pas exagérer...

— J'ai failli mourir écrabouillée.

— Et maintenant, comment tu te sens ?

— Je me demande si vous n'auriez pas dû me laisser là où j'étais.

— Pourquoi tu dis ça ?

La lèvre inférieure de la petite tremble un peu. Ses cernes bleus, son épais khôl noir, la pâleur de son visage, ses cheveux bruns et ses mèches vertes lui donnent un air de personnage manga maladif. Elle porte les mêmes vêtements noirs que vendredi à la bibliothèque, un slim à ceinture cloutée et un top court au laçage compliqué dans le dos, laissant entrevoir des bouts de peau blanche. Une nouveauté cependant, à ses pieds de lourdes bottines plateforme à boucles métalliques la grandissent de dix centimètres et contrastent avec la finesse de ses jambes baguettes. Entre la paume droite de Brune et le sol, un long skate.

— Tu skates avec ces chaussures ?

Brune sursaute légèrement comme si elle redécouvrait la présence de Gabriella dans son monde. Elle fixe une seconde ses bottines.

— Non, j'ai des baskets dans mon sac.

Un vieil Eastpak usé, couleur arc-en-ciel, posé à ses pieds.

— Tu allais partir ou tu arrivais ?

— J'arrivais.

— On peut parler cinq minutes ? Après ça, j'aimerais bien te voir faire du skate. Si tu veux.

Brune se balance sur ses deux grosses semelles avant d'opiner de la tête.

— Là ?

Elle désigne le petit plateau bétonné où les ados déposent leurs affaires quand ils *rident*. Mais autour d'eux, les gamins ont presque tous des trottinettes ; leurs figures sont impressionnantes. Maintenant qu'elle se tient à quelques centimètres d'elle, Brune lui rappelle cette gamine qu'elle avait prise sous sa protection avec Tina peu de temps avant de quitter la prison. Elle a le souvenir d'un regard toujours perdu dans des pensées graves. Elle aussi venait de perdre son père, mais à la différence de Brune se retrouvait seule à San Pédro sans parents pour prendre soin d'elle. La loi bolivienne interdit que les enfants de plus de 6 ans restent en prison, mais nombreux sont les orphelins qui y demeurent jusqu'à leurs 18 ans faute de solutions au-dehors. Qu'est-elle devenue ?

— Vous vous appelez comment ?

— Gabriella. Tu peux me tutoyer si tu veux.

L'ado hausse les épaules. Normal, à son âge tous les êtres humains de plus de 25 ans sont à caser dans le tiroir "vieux". Quand on a 20 ans, on pense la même chose des plus de 40 ans, à 50 ans, des plus de 70... Sans doute qu'après on se résout à se ranger soi-même dans le dernier compartiment.

— Brune, je ne veux pas te raconter de salades. Je vais te parler franchement. Tu as le droit de m'envoyer balader si mes questions te gênent.

— ...

— J'enquête...

— Sur la mort de mon père ?

Gabriella la sent prête à s'enfuir sur ses chaussures-échasses.

— Vous êtes journaliste, vous aussi ? C'est pour ça que vous êtes ici ? Que vous êtes là depuis le début ?

Elle va casser ses ongles verts sur le béton si elle continue de le griffer comme ça.

— Non, Brune. Je comprends que tu te méfies. Mais ce n'est pas ça. On a tué ma meilleure amie.

Brune lève la tête vers Gabriella et la regarde avec une attention sérieuse. Une invitation à parler.

— Et toi, tu as une meilleure amie ?

— Pas vraiment, enfin... je pensais en avoir une, mais je me suis trompée. On s'est disputées. Elle est morte de quoi votre... ton amie ?

— Je préfère ne pas te donner de détails… Mais, j'ai des raisons de penser que la mort de Tina et celle de ton père sont liées…

Gabriella se méfie de ses mots, elle ne sait pas quelle mythologie s'est construite Brune pour rendre la mort de son père acceptable, mais c'est comme si la gamine ne l'avait pas entendue.

— J'ai rêvé de toi, Gabriella.

Les adultes sont souvent prévisibles. Les ados un peu moins.

— Si je te dis que moi aussi, tu ne vas pas me croire.

— Toi, d'abord, raconte.

— Une histoire de chiot, on jouait avec lui…

— Un petit chien blanc et frisé ? Et on joue à la balle avec lui dans une cour, comme une cour d'école…

— Tu plaisantes ?

— C'est mon rêve.

— Il se termine comment ?

— Je ne me souviens plus. Bien, je crois. Et le tien ?

— Bien aussi. Bien.

— Ça veut dire qu'on a fait le même rêve ? Wahhh… Quand je vais raconter ça à…

Elle s'arrête.

— Tu allais dire à ta meilleure amie ? Elle s'appelle comment ?

— Blanche.

La fille de Séb Gianni.

— Brune et Blanche… Ça sonne bien. Dommage que vous ne soyez plus copines.

— On s'est battues. Elle racontait des mensonges sur mon père.

— Quels genres ?

Brune courbe le dos, tripote l'une des lanières de son sac à dos, ses longs cheveux raides couvrent son petit visage pâle.

— C'est des conneries. Je peux pas répéter. Je suis vénère rien que d'y penser.

— Je comprends... Et puis si c'est des conneries, pas la peine de cogiter et de se prendre la tête pour rien.

Brune reste silencieuse, pendant un long moment, jusqu'à ce que Gabriella perçoive les soubresauts de ses épaules et la chair de poule sur ses bras.

— Tu pleures, Brune ?

— C'est pas vrai... Ils mentent tous...

— OK...

— La femme de la Mairie...

Gabriella doit tendre l'oreille pour capter la fin de la phrase murmurée sous le voile de cheveux :

— ... elle attend pas un bébé de mon père.

— La femme de la Mairie ?

Brune se redresse. Son khôl dessine de larges rigoles noires sur ses joues.

— La connasse : Maddy Beauvoir.

— Pourquoi connasse ?

— Jamais pu la saquer. Quand elle venait à la maison, soit disant pour le boulot, j'allais m'enfermer dans ma chambre.

— C'était quoi le problème avec elle ?

— Elle draguait mon père, ça se voyait trop. Et

ma mère qui faisait semblant de rien. Elle, y a que son travail qui compte... Lui aussi, d'ailleurs. Il n'était jamais là.

— À cause de son travail aussi ?

— Surtout depuis un an... Avec ses voyages en Amérique du Sud. Jamais j'irai là-bas !

Cri du cœur qui fend le cœur. En voulant effacer ses larmes, Brune finit d'étaler de ses deux mains les traces de crayon noir sur ses joues. Ne manque plus que quelques traits blancs ici et là pour faire d'elle une belle guerrière amazonienne.

— Tu sais que je suis d'origine Bolivienne ? Par ma mère en tout cas. Mon père, je ne sais pas, je ne l'ai pas connu.

— Je ne disais pas ça pour toi... J'aime bien ton accent. Puis, t'es très belle. Ton père, il doit être américain, un truc comme ça.

— Haha ! Qui sait ? Mais tu vois, j'ai deux pères aujourd'hui, alors je n'ai pas à me plaindre.

Tourne sept fois ta langue dans ta bouche, espèce de cruche...

— Moi, je n'ai plus de père et la dernière fois que je lui ai parlé, j'ai pas été sympa avec lui...

— C'est pour ça que tu es triste ?

— Je voulais lui demander pour la rumeur... j'ai mis la pizza au four... j'ai préparé le... je ne voulais pas croire Blanche et, en même temps, mon cerveau me disait que c'était possible...

Brune se tourne vers Gabriella, l'air perdu. Une voix crie "Attention !" juste avant qu'un skate ne passe à cinq centimètres de leurs têtes.

— T'es malade ! crie Brune au responsable, un

ado à *dreadlocks*, en léger contrebas sur la piste.

— Désolé, j'ai voulu catcher, me suis loupé...

Les ongles de Brune — vrais ou faux ? — s'enfoncent dans ses paumes. Gabriella hésite à la prendre dans ses bras. En cet instant, sa rage et sa tristesse rejoignent toutes les colères et tous les chagrins du monde, elle le sait. Gabriella ne peut pas lui dire que la solitude, qu'elle ressent si fort aujourd'hui, va durer et c'est comme ça, il lui faudra juste apprendre à vivre avec. On ne peut pas dire à une gamine de 14 ans que les êtres humains restent seuls avec leurs regrets et leurs remords jusqu'à leur dernier soupir sur terre. Ce ne serait pas juste.

— Tu me montres comment tu skates, Brune ?

— Faut que je change de chaussures...

Oui, vire-moi ça tout de suite, Brunette. Et espérons que si le châtiment divin existe, un supplice particulier a été inventé pour venger le monde de cette horrible création.

Gabriella retire son *K-Way* et s'installe en tailleur sur le banc de pierre.

— Il est trop beau ton tatouage, Gabriella... Plus tard, je me ferai tatouer une mouette. C'est mon animal totem.

Brune, d'un pied, retient le *tail* de son skate au-dessus du vide de la pente incurvée, reste en suspend quelques secondes puis s'élance sur la piste aussi gracieuse et légère qu'un papillon morpho d'Équateur.

18

Funiculaire du Havre, 11 h 15.

Quand Gabriella arrive à l'entrée du funi, Le Poulpe est de dos, au téléphone. Il ne parle pas très fort, assez cependant pour qu'elle saisisse des bribes de sa conversation.

“... moi aussi... oui, moi aussi... non, c'était pas mal... pas eu le temps de faire signer le livre... trop de monde... un peu de soleil... pluie... Oui, mon pote Francis, ça va. Enfin, ça va... non, t'expliquerai... Et Jupiter ?... Ah ?... Oh ?! Ça alors !... Oui, moi aussi... envie de te...”

Gabriel sursaute en voyant Gabriella, tout sourire, *K-Way* noué autour de la taille, debout, les deux coudes posés en arrière sur la rambarde du quai. Gêné, il se tourne pour hâter la fin du dialogue, puis revient vers elle. Elle aurait bien envie de le taquiner mais c'est plus fort qu'elle :

— Tu ne devineras jamais sur qui je suis tombée !

— Tu ne devineras jamais sur qui je suis tombé !

Les deux phrases lancées d'une seule voix font se retourner une jeune femme à lunettes noires et casquette bleu marine et deux couples au look de Dyonisiens, les habitants de Saint-Adresse. C'est son prof privé havrais qui lui a appris le nom : d'après une légende, la tête de Denis, le premier évêque de Lutèce, jetée dans la Seine au moment de sa décapitation par les autorités persécutrices des chrétiens, a échoué à Sainte-Adresse. La ville s'appelait autrefois Saint-Denis-chef-de-Caux. Elle raconterait bien l'histoire à Gabriel pour l'épater mais elle a mieux que ça à lui apprendre.

— Tiens-toi bien : Maddy Beauvoir serait enceinte de...

Elle a baissé d'un ton, pas la peine d'en informer tout le wagon. Mais peut-être qu'ils sont déjà tous au courant, elle sait combien ce genre de nouvelle peut circuler à vitesse triple V dans une ville-mouchoir de poche comme Le Havre.

— ... de Mister Peace ? finit Gabriel à voix basse lui aussi.

Pffff. Encore une longueur d'avance le Poulpe.

— Qui te l'a dit ?

— Sébastien Gianni.

— Qui l'a répété à sa fille. Pas malin... Elle s'est empressée de le dire à Brune. Tu m'as dit qu'elles étaient dans le même bahut ?

— Oui, je le sais par Séb. Sa femme et lui sont divorcés. Blanche va à Raoul Dufy. Sa mère vit dans le centre-ville.

— C'est sur lui que t'es tombé ? Tu parles d'une surprise...

— Non, espèce de ronchonne. Sur LITTLE BOB.

— Le chanteur ?

— Roberto Piazza lui-même !

— Je pensais que t'allais m'apprendre des trucs intéressants...

— T'es gonflée, toi : Roberto Piazza même sans infos, c'est putain de culte !

— Te fâche pas, papa...

— Mais j'en ai, des infos. Il connaît Stella-Mouette.

Gabriella et Le Poulpe vont se caler contre la barre située en tête de voiture. La jeune femme à casquette s'installe sur une banquette dans leur dos. Les couples, deux rangs plus loin. La pente est raide. Ça rappelle à Gabriella le petit funiculaire de Lavra à Lisbonne qui monte les rails les plus abrupts de la ville : 188 mètres de trajet pour 45 mètres de dénivelé. Le décor extérieur, pourtant, n'est pas le même. Derrière la fenêtre défile une série de villas bourgeoises, toutes plus coquettes les unes que les autres, des rosiers en fleurs, des jardins d'hiver et des terrasses entretenues. Pas grand-chose à voir avec le centre-ville lisboète, ni celui du Havre.

— Se font pas chier ici, constate Gabriel.

— 0.50 centimes le ticket pour monter chez les rupins, moins cher qu'à Lisbonne. Tu te souviens ?

— Toujours trop cher. Les transports devraient être gratis partout pour tout le monde.

— Comme à Dunkerque ?

— Exactement.

— T'as raison, Poulpou. N'hésite pas à en parler à La Beauvoir tout à l'heure, s'amuse Gabriella. Elle sera là pour répondre à “toutes les questions des Havrais”, c'est écrit dans le programme ! Mais, dis-moi ce que t'as appris.

Elle extirpe de sa sacoche son petit carnet écorné et son crayon mordillé.

— Tu me fais un peu pitié avec ton bout de crayon. Tu veux pas que je t'achète un lot de critériums ?

— Non. Alors, il t'a dit quoi Roberto ?

— Croisé à *L'Impromptu.* Pas pu résister à l'envie de lui dire que j'étais fan depuis mes 15 ans. On a bien causé. De rock et d'autres choses. Bref, je te la fais courte. Tout le monde sait que Beauvoir est la maîtresse de Gody depuis longtemps. Rien de neuf sous le soleil. Détournement de fonds publics, favoritisme en direction du festival *Un Havre de Paix*, au détriment de petites structures locales ancestrales...

— Rien de neuf non plus de ce côté-là.

— Ce qu'on sait moins, c'est que les deux ne magouillent pas seulement à l'échelle du Havre. Avant la mort de Gody, ils préparaient un coup en Amérique du Sud.

— C'est grand l'Amérique du Sud...

— Je zoome : en Bolivie. La Paz.

— OK...

— Roberto connaît Stella. C'est la fille d'un de ses potes, mort il y a quelques années. Elle a été bénévole à la prison. Elle a bossé pour *Escuela Bolivia.* Elle s'est donnée à fond pendant quatre ans et puis, elle a commencé à déchanter. Il ne l'a pas revue depuis un moment mais il paraît qu'elle a commencé à dévisser grave l'année dernière.

— Dévisser ?

— Virer zinzin, disons. Selon le pékin moyen, parce que Roberto, lui, pense que si elle devient mouette, ce n'est pas pour rien et c'est tant mieux.

— "elle devient mouette", c'est joli, ça...

— Signé Little Bob.

Il se passe quelque chose dans leur dos. Bruits étranges, agitation et paroles confuses leur parviennent du fond de la voiture. Et la pente de plus en plus raide rend difficile la prise de notes dans le carnet en station debout. Mais Gabriella se concentre sur l'histoire du Poulpe.

— Continue.

— Gody, au départ, était là pour traiter avec le directeur de San Pédro, pour essayer d'imposer son *SodaSun* dans l'enceinte de la prison. Il pensait pouvoir faire concurrence à *Coca-Cola*... Il était missionné pour ça en Amérique du Sud. Tu l'as googlisé ?

— Vite fait.

— T'as vu comme moi ? Pas grand-chose sur Gody. Une petite main. Mais des infos sur SodaSud et la fondation *SodaSudEducation*.

— Cette manie des Occidentaux de vouloir "éduquer" le monde...

— Bref, peine perdue, étant donné le monopole de Coca depuis la création de la prison...

— Complètement à côté de la plaque, le mec... C'est une brasserie bolivienne qui détient les droits exclusifs de production de *Coca-Cola* en Bolivie : *Embol*. Les marques concurrentes sont interdites dans la prison, et c'est pas près de changer. Elle fournit de l'argent, des tables, des chaises, des parasols, du mobilier... À San Pédro, tu vis, tu manges, tu dors, tu bois *Coca-Cola*... Encore aujourd'hui, quand je vois le sigle rouge et blanc, ça me remue de l'intérieur. Un mix. Entre envie et dégoût...

Est-ce qu'un couple est en train de se disputer ? Les voix sont de plus en plus excitées.

— En tout cas, il est revenu à plusieurs reprises à San Pédro pour le négoce.

— Logé dans La Posta, je parie, dans le quartier des VIP : salle de bain privée, cuisine, télévision par câble et autres commodités de tous genres...

— Je vois, pour les commodités...

— Du coup, il voulait négocier quoi ?

— Aucune idée. Mais c'est là qu'il a rencontré Tina, qu'il a commencé à s'intéresser à *Escuela Bolivia* et à foutre sa merde. Le...

Le Poulpe n'a pas le temps de finir sa phrase. Alors que le funiculaire touche à son terminus, un cri familier retentit. Ça commençait presque à manquer à Gabriella. Les deux couples ont trouvé refuge au fond du wagon pour se mettre hors d'atteinte des acrobaties volantes d'une miss à tête noire. La jeune femme à casquette n'a pas quitté ses larges lunettes de soleil qui lui mangent le visage. Sur sa banquette, elle reste impassible. La fille de vendredi ? Non. Elle était châtain. Jeudi soir, c'était une blonde. Celle du commissariat, si elle a bien compris. La fameuse Stella, donc. Mais de la casquette aujourd'hui dépassent des boucles longues et rousses. Pas question qu'elle lui échappe. Le Poulpe rentre les épaules et baisse la tête à chaque passage de l'oiseau. Ça fait sourire Gabriella. Cette mouette et elle sont de la même race, elle n'en a pas peur. Et c'est l'animal totem de Brune. C'est pourquoi, quand la miss blanche et grise vient se poser sur sa tête, Gabriella l'accueille sans bouger d'un cil.

Les portes s'ouvrent tranquillement, laissant

s'échapper les Dyonisiens qui s'enfuient comme s'ils venaient de serrer la paluche à un requin blanc à jeun. La mouette prend son envol en riant au-dessus de leurs têtes et la rousse se faufile avec rapidité jusqu'à la sortie.

— Viens vite, faut qu'on la chope !

— Ta pote t'a laissé un cadeau, on dirait, dit Le Poulpe en saisissant quelque chose dans les cheveux de Gabriella.

— Ne me dis pas que c'est blanc et gluant, sourcille Gabriella, ça serait pas cool.

— Pas de ça entre copines. Tiens.

Gabriella s'empare du bout de papier roulé en boule entre les doigts du Poulpe. Elle le déplie et lit à voix haute : "*Question pour Maddy Beauvoir : comment vont les enfants de San Pédro* ?"

De son carnet, elle sort l'autre billet : *lâchez tout*. Même graphie nette et élégante. Le Poulpe secoue la tête.

— Une enquête qui avance comme un jeu de piste grandeur nature...

Gabriella s'empresse d'atteindre la sortie du funiculaire qui donne sur le trottoir de la rue Félix Faure avec l'espoir d'approcher la fille. Bien sûr, envolée.

Un vieux monsieur, tête en l'air s'étonne :

— Jamais vu autant de mouettes que cet été...

19

Les Jardins suspendus, 14 h 10

Maddy Beauvoir est invitée d'honneur d'une "table citoyenne". Jeu de questions-réponses avec le public sur le thème du "rôle de la culture dans l'émancipation collective et individuelle". L'occasion d'une vitrine complaisante pour la mairie d'après Sébastien Gianni, une manière de noyer le poisson et de redorer le blason de la Ville mise à mal par les allégations qui pèsent sur quelques-uns de ses fonctionnaires. Une espèce de consultation citoyenne qui donne l'impression aux gens d'être écoutés l'espace d'une après-midi. Ça ne mange pas de pain, comme dirait — disait — Tina. D'après Le Poulpe, les Français aiment bien être consultés, quand bien même rien ne se passe après. Au mieux. Car souvent, il se passe même le contraire de ce pour quoi les citoyens dévoués s'étaient mobilisés.

— C'est la femme de Gody qui anime la table ronde ? s'étonne Le Poulpe.

— Faut croire, constate Gabriella.

— L'ex-femme et l'ex-maîtresse... Intéressant...

Sébastien Gianni, assis à la droite du Poulpe, avec sa fille, ne commente pas.

— Je ne suis jamais autant resté assis pour mener une enquête. Je vais choper des escarres, constate Le Poulpe. C'est pas plus mal, ça repose, ajoute-t-il en étendant ses longues jambes sous la chaise de devant.

— Parle pas trop vite, papa.

— Avec toi, je m'attends à tout.

Lâchez tout... Comment vont les enfants de San Pédro ?

Gabriella tourne et retourne les phrases comme des bouts de papier dans sa tête. Et, elle, l'enfant de San Pédro, comment se sent-elle huit ans après sa sortie ? Plus question de transats, de vente de porte-clés, de tribunes pour la paix ou de pétitions à la chaîne, l'heure est à l'action. Elle ne connaît pas la réponse à la question posée par la Mouette, elle a peur de la découvrir mais c'est le moment ou jamais de balancer un bon coup de *Dr. Martens* dans la fourmilière seinomarine (elle en aura appris du vocabulaire pendant son séjour).

Séb porte un haut de survêt qui lui donne une allure juvénile (ce qui est bof pour un quinqua). Pas seulement ça, d'ailleurs. Il a toujours la goutte au nez et l'air nerveux. Gabriella n'a pas de *Kleenex* sur elle. Dommage, elle le lui aurait bien flanqué sous les narines pour l'obliger à se moucher comme le faisait Pedro quand elle était gamine. Blanche, elle, a ce look des influenceuses mode que Gabriella croise parfois sur le net au hasard de ses recherches. Jolie ? Sans doute. Difficile à dire tant la couche de maquillage est épaisse. Cheveux lissés, sourcil travaillé, crop top en crochet et jean slim sur sandales argentées. Pas grand-chose à voir avec l'apparence romantico-gothique de Brune, si ce n'est le style outré. Gabriella cherche la fille d'Isabelle Gody du regard dans l'assemblée mais elle n'est pas assise parmi la soixantaine de spectateurs présents sous le chapiteau. Au premier rang, des huiles locales — les hommes et les femmes sont habillés comme pour assister à un mariage à la mairie — mais Monsieur le Maire n'est pas là. Le jour du 1er tour des législatives, il a sûrement mieux à faire que d'écouter blablater sur l'éducation populaire. La plupart de ces gens sont sur leur portable et doivent suivre en direct les chances de leur coursier.

— Vous pensez que Francis et Béa vont venir ?

Gabriella ne sait pas si c'est de la provocation ou si Sébastien n'est pas du tout au courant de ce qu'il s'est passé. Elle a l'impression qu'il a dit ça sur un ton sarcastique mais rien n'est moins sûr. La petite culpabilité qu'elle ressent agit peut-être comme un filtre déformant. C'est à cause du Poulpe qui lui a remonté les bretelles : les hommes de 60 ans sont plus fragiles qu'on ne le pense, paraît-il. Elle a pourtant pris soin de Francis, non ? À sa manière...

Gabriel répond à Séb de manière évasive, et Blanche demande si le *Food truck* d'à côté vend des frites.

— On sort de table, répond le père d'un ton las.

La petite souffle comme seuls les ados savent le faire et sort son iPhone. Sur l'estrade, Isabelle Gody, toujours aussi élégante et bronzée, est prise d'une crise d'éternuements. Sébastien répond en retour par un ATCHOUM qui fait s'indigner sa fille : "La gênance, papa..." Mme feu Gody, après avoir discrètement essuyé le bout de son nez, se tourne vers le public une main en visière sur le front. Gabriella jurerait que son regard s'arrête net sur Sébastien, occupé à chercher un mouchoir dans ses poches. Il en sort le tissu à carreaux qu'elle lui a déjà vu au *Feu sacré*. Il a l'air d'avoir déjà bien servi. Brune ressemble beaucoup à sa mère, en moins mate de peau, en moins gavée d'UV.

Et Maddy Beauvoir se fait désirer. La rencontre aurait dû commencer il y a déjà dix minutes. Une playlist des années 80 sert de musique d'ambiance, la même qu'à *l'Impromptu* où Gabriella n'a pas remis les pieds depuis... l'incident. Les autres participants, un homme et une femme d'une quarantaine d'années, discutent entre eux, micros éteints. Gabriella jette un œil sur le flyer distribué à l'entrée du barnum : le directeur de la médiathèque Niemeyer et la Secrétaire générale d'établissement public d'enseignement supérieur. Que des gens sérieux et diplômés. Gabriella se demande quelles études elle aurait choisies si elle avait eu un autre destin. Là, comme ça, elle dirait géographie ou philo. Mais pas sûre qu'elle aurait supporté de rester les fesses collées à un banc d'amphi plus de trente minutes. “T'as des aiguilles dans le postérieur !” rigolait Pedro quand il lui faisait classe alors qu'elle ne pensait qu'à retrouver ses copains dans la cour centrale de la prison ou la petite piscine (une fosse remplie d'eau). Elle aime apprendre, mais en mouvement. C'est pour ça que la visite guidée de Francis lui a tant plu jeudi soir... Ou alors, sur le Net, mais si c'est pour agir après. Hors de question de rester derrière un écran à scroller comme un fantoche pendant des heures. L'idée de vivre dans une cabane au fin fond de la forêt amazonienne sans connexion avec le monde ne lui fait pas peur. C'est son plan pour les années à venir et le plus tôt sera le mieux, même si Gabriella sait que la plupart des communautés amazoniennes se voient progressivement connectées à internet et reliées aux grandes villes les plus proches. Tina lui a raconté un truc effroyable à ce sujet : les effets immédiatement délétères de l'accès à internet dans certains villages. Enfants et adultes deviennent addicts, se jetant sur les mêmes conneries en ligne que le reste du monde en quelques jours. Partout pareil, la même mécanique à l'œuvre : un monde de plus en plus "connecté" pour des individus de plus en plus esseulés. A San Pédro, aujourd'hui, comment ça se passe ? En huit ans, la situation a peut-être complètement changé depuis son départ.

Gabriella n'a pas encore pris le temps de rédiger un texte sur la mort de Tina... Depuis vendredi soir, tout est si tragique et absurde, qu'elle n'est même pas retournée lire des infos sur la situation de La Paz après le coup d'État de mercredi. Elle a aussi délaissé son travail quotidien sur les plans de sa future cabane. Sans Tina, toute activité est vaine. La jeune femme était une composante de son moteur interne, au même titre que Pedro, et Le Poulpe, aujourd'hui. Mais apparemment, il lui manque des pièces. Et Gabriella a peur de découvrir lesquelles. Elle ne sait pas ce qui lui est le plus insupportable : que Tina ne se soit pas confiée à elle avant de partir ou l'idée de découvrir que "sa" Tina n'existe pas. C'est le genre de pensée à la faire cogiter pendant des heures. Et à la faire flipper. Parce que, dès qu'elle se penche un peu sur le sujet, ce n'est que néant. La mort est une scélérate qui s'est invitée trop souvent dans la vie de Gabriella. Trop souvent et très tôt. Assez pour qu'elle ne voie dans toutes les occupations humaines qu'un manège absurde, sans logique apparente et sans justice. "Raconte encore", disait-elle à Pedro quand il lui lisait les passages d'un petit livre dont elle n'a connu le titre que plus tard : *L'Ecclésiaste*. "Vanité, vanité, tout n'est que vanité. Que retirent les hommes de toutes les activités qui les occupent sous le soleil ? Une génération passe, une autre lui succède, mais l'humanité ne change pas. Le soleil se lève, se couche, disparaît à l'horizon, réapparaît de l'autre côté de la terre... Rien n'est neuf sous le soleil... Dès lors, la vie me devint ennuyeuse. Je ne pus voir sous le soleil que les maux, la vanité de tout, les brassages d'air". Gabriella se récite encore ces mots qu'elle connaît par cœur et dont le sens ne cesse de lui apparaître plus clairement à chaque mort nouvelle.

Pendant que Gabriel et Séb parlent rock et dissolution de l'Assemblée nationale, deux voix échappées des enceintes suspendues répètent en duo "remember the promise you made, remember the promise you made..." et c'est la voix d'Alvaro qu'elle entend. "Please tell me you'll be there in my hour of need/You won't turn me away/help me out of the life I lead"[6]. On dirait que ces paroles ont été écrites par lui, pour elle. Qu'est-ce qu'il attend pour se montrer ? Pourquoi ce jeu d'énigmes depuis le début ? Maintenant que Tina est morte, *Escuela Bolivia* bientôt enterrée, que Mario fait sa vie hors de la prison et que Pedro et ses 105 ans vivent des jours heureux quelque part en Amazonie, Gabriella n'aspire qu'à une chose, rayer définitivement San Pédro de sa carte mentale. Et Alvaro avec. "Et si moi aussi je le veux ?" Quelle conne... Tina employait un drôle de mot pour parler de Gabriella quand elle était gamine : "cabocharde" .

14 h 20, Maddy Beauvoir n'est toujours pas arrivée.

— Qu'est-ce qu'elle fout la pétasse ? demande Blanche.

— Ça va pas, non ? gronde son père sans conviction.

— C'est toi qui l'appelles comme ça !

— Pas en public, Blanche...

— Alors, t'es un Tartuffe. Comme chez Molière.

Sébastien Gianni a l'air de souffrir. Il sort un billet de sa poche.

— Va t'acheter des frites.

— Merci, papa chéri !

La voilà partie, toute ragaillardie. Il fait 26° à l'extérieur — ce qui est exceptionnel pour un mois de juin havrais — et peut-être 3 de plus sous le chapiteau. L'atmosphère est lourde et moite, ça sent l'orage. Tout le monde commence à s'impatienter sur les chaises en plastique qui collent aux fesses. Mais ça laisse du temps à Séb pour finir de balancer ce qu'il sait sur le parcours de la Beauvoir. C'est exclusivement au Poulpe qu'il s'adresse.

— Macroniste en 2017, elle a rejoint *Génération écologie* en 2019 pour finalement atterrir dans l'équipe actuelle de l'Hôtel de ville.

— Une vraie anguille, la Maddy !

— Rien d'original... Elle a eu un mandat de députée dans la 1re circonscription de la Seine-Maritime mais ce qu'elle vise, c'est la mairie du Havre en 2026.

— Elle a ses chances ?

— Elle déploie beaucoup d'énergie à rendre populaire son *Havre de Paix* depuis quatre ans. Et c'est réussi. Pas seulement au niveau local. Ceci dit, c'est normal, la programmation, confiée à Marcus Gody dès le début, c'est un copié-collé des têtes connues de la littérature visible.

— C'est-à-dire ?

— Les mêmes qui défilent à la Grande Bibliothèque.

Le poulpe ne voit pas de quoi il s'agit.

— L'émission d'Auguste Taffetas ! Toujours pas ? Bref, des visages estampillés par les médias culturels français. Des noms que chacun se refile sans aller chercher plus loin. Je connais plein de poètes, d'auteurs géniaux dans le coin, qui écrivent et publient depuis des années et qui n'ont jamais été invités à parler de leur travail dans le cadre du festival. On les appelle les "régionaux", les "locaux"... pour ne pas dire, "les moins que rien".

— "Les sans-dents de la littérature" ? Beauvoir et Gody se conduisent en Parisiens... mais au Havre ! se marre Le Poulpe.

— C'est grotesque...

Gabriella décide de se mêler de la conversation même si Seb semble la battre froid depuis tout à l'heure.

— Ce que je ne comprends pas c'est à quel moment Gody et Beauvoir se sont rencontrés.

— Ça, je l'ai déjà raconté dans les grandes lignes à Gabriel. Vendredi soir.

OK. Message reçu. Le Poulpe résume rapidos. Maddy et Marcus se sont rencontrés lors d'un gala de charité organisé par la fondation *SodaSud-Education* au Brésil. "Tu me dis si je me goure, Séb ?". C'est là que leur liaison a commencé.

— On dit leur *affair*, interrompt Blanche, revenue s'asseoir avec un cornet de frites taille maxi et une canette de Coca.

— Arrête d'écouter aux portes, toi, répond le père.

Gabriel poursuit. Gody prospectait dans la région Bolivie-Pérou-Équateur pour vendre son Soda "sans colorants ni édulcorants à base de jus ou sucre de canne issus de l'agriculture biologique".

— Y a un marché en Amérique du Sud ? demande Gabriella.

Oui, partout dans le monde les industriels se renouvellent en proposant des sodas BIO et "healthy". Les attentes des consommateurs dans le marché des softs drinks ont évoluées. Et ça marche du feu de Dieu.

— À San Pédro, je suis pas sûre...

— Si tu m'interromps toutes les cinq secondes, ça va pas être facile.

— S'cuze...

Maddy Beauvoir, députée écolo à l'époque, s'intéressait à la question. Elle s'est rapprochée de Gody pour ça au départ. Après, y a eu la prison

San Pédro et la tentative de concurrencer *Coca-Cola*.

— Faire concurrence à Coca... Y a des distributeurs même dans le désert ! se poile Gabriella.

La suite, c'est Gody qui fait connaissance de Tina dans la prison et découvre les activités de son association en Amérique du Sud et en France. Là, ce qu'il trafique est flou, mais ce qui est sûr, c'est qu'il a fait de nombreux allers-retours ces deux dernières années...

— ... Et que Tina a un stand au Havre dès le début de la création du festival.

— Oui, bon, ça nous avance pas à grand-chose... constate Gabriella.

Séb se tourne enfin vers elle. Mais le ton qu'il prend est franchement désagréable.

— L'appart parisien de ta copine appartient à la famille Beauvoir, tu le savais ça ? Comme deux-trois autres dans le même immeuble, d'ailleurs.

Non, elle n'était pas au courant. Mais elle comprend maintenant dans quelles conditions, ou presque, Tina a pu bénéficier de ce logement. Un truc fait tilt au même moment dans sa tête. Le garçon qu'elle a un peu bousculé pour faire cesser son tapage nocturne, Quentin Beauvoir : c'est son fils ?

— Non, Maddy Beauvoir a été mariée mais n'a jamais eu d'enfant. C'est peut-être un neveu, un cousin...

— Elle attend un bébé du mort ! crie Blanche.

— Je t'ai déjà dit de la boucler sur le sujet, siffle Séb entre ses dents.

— C'est vrai, cette histoire ? s'enquiert Gabriella.

— Elle n'a jamais eu d'enfant mais c'était son obsession. À 45 ans, c'était presque inespéré, non ?

Gabriella se demande comment il a eu accès à toutes ces infos mais n'a pas le temps de le lui demander. Du bruit à l'extérieur du chapiteau. Les gros bras à l'entrée se tiennent l'oreille droite à l'aide de l'index et du majeur réunis, comme dans les films d'espionnage, et échangent en langage codé avec leurs doigts gantés de noir. On dirait que toutes les jeunes bénévoles engagées pour faire l'accueil dans les différents lieux du festival ont peu à peu été remplacées par des malabars surtestéronés et que Trump va surgir d'un moment à l'autre. Visiblement, maintenir la paix au Havre est un job de chaque instant. Mais deux minutes plus tard, ce n'est pas un vieillard orange et grimaçant qui se pointe ; Maddy Beauvoir entre enfin en scène, en majesté, sous le barnum en plastoc blanc où tout le monde l'attend en transpirant. Grande brune de type méditerranéen, cheveu brillant et en bonne santé, fesses et seins gainés dans un ensemble tailleur un poil trop ajusté mais qui ne la boudine pas... Gabriella se rappelle le geste de René pour la décrire. Bien vu. Elle ressemble aux pin-up des années 50 scotchées dans les cabines des routiers les plus chics. Son ventre est un peu rond. Celui d'une femme enceinte ? Gabriella a du mal à se faire une opinion. Elle a vu de tout à San Pédro... Même des grossesses découvertes le jour de l'accouchement. En tout cas, si c'est le cas, Maddy Beauvoir ne fait rien pour le cacher. Avant de monter sur l'estrade, Mme Culture fait un petit signe aux deux molosses à lunettes noires qui l'escortent, du style "coucouche panier". Ils surveillent sa montée des marches puis vont stationner bras croisés, chacun à une extrémité de la scène. Son retard ? "Contraintes de dernier moment liées à l'organisation du 1er tour des législatives".

Ce qui suit est d'un ennui mortel. Bilan, chiffres, acteurs & enjeux, listes de dispositifs culturels pour la ville et ses périphéries urbaines, périurbaines... Après la sieste poétique, la sieste statistique... Ça valait le coup d'attendre. Heureusement, personne n'a eu l'idée d'un PowerPoint sur écran géant. Maddy Beauvoir tient le crachoir, M. Médiathèque et Mme Université n'en ont toujours pas placé une. "... développer l'appétit de culture de notre jeunesse... apaiser les mémoires par la littérature et l'art... femmes au centre de la pensée collective... la culture un levier pour l'accès à la langue et l'accès à la langue un levier pour l'accès à la culture... Grand Prix de l'Éloquence... la poésie comme une arme contre toutes les formes d'exclusion, qu'elle soit sociale, culturelle ou générationnelle..." C'est beau comme une chanson de Fugain 77. L'innocence et la sincérité en moins. Gabriella a un sixième sens pour les discours de faux jetons. Quand les détenus faisaient campagne à la prison pour diriger l'un des huit comités de section, elle savait distinguer les plus intègres des roublards. Il y en avait beaucoup. Les campagnes qui précédaient les élections n'étaient que beaux discours suivis de coups tordus, corruption, et intimidation. Ici, c'est plus soft, enrobé dans du miel et des éclats de praline, la couleur du rouge à lèvres de la belle Maddy. Isabelle Gody hoche la tête, les deux autres aussi. Il est tant que tout ce cinéma cesse pour le bien de tous, pour "l'amour de l'humanité" dirait Don Juan, une autre pièce de Molière que Blanche connaît peut-être aussi. Ça tombe bien, le déroulé prévu de la table citoyenne est un peu chamboulé à cause du retard de Mme l'adjointe, la partie questions-réponses est annoncée pour dans dix minutes. Maddy a l'élégance de promettre qu'elle laissera la parole à M. Bib et Mme Fac parce qu'elle a déjà trop parlé (huhu ! huhu ! ajoute-t-elle). La dame devra aussi céder le micro à Gabriella dans peu de temps, mais elle ne le sait pas encore sinon elle n'aurait pas l'air aussi *gaite*. Mister Peace était peut-être son amant mais pas l'amour de sa vie. Ou alors c'est la *Isabelle Huppert* de l'Hôtel de ville pour aussi bien jouer l'engagement politique sans manifester une once d'émotion une semaine après la mort du père de son futur bébé...

Le regard d'Isabelle Gody s'attarde un court instant — très bref — sur le bassin de Maddy Beauvoir. Son visage n'exprime rien d'authentique depuis le début de la rencontre. Son sourire — fixe — ne concerne que la bouche, les yeux ne suivent pas. Ils disent même exactement le contraire que ce qu'exprime la commissure de ses lèvres. C'est bien simple, si on mettait un cache sur le bas de son visage, on n'aurait plus accès qu'à des narines pincées et à un regard glacé. Gabriella est une décrypteuse de faux-semblants depuis sa naissance ; question de survie en milieu hostile. Encore utile aujourd'hui, même si les crapules n'ont plus le même visage.

Le micro-public passe de rang en rang, tenu par une de ces bénévoles-étudiantes en "Master Métiers du livre et de l'Édition" qui prend son rôle très au sérieux (les super malabars ont autre chose à faire). Gabriella est dans les starting-blocks (et gonflée à bloc), surtout depuis qu'elle a aperçu la rousse à casquette assise au fond du chapiteau. "Par qui seront dispensés les cours de *creative writing* annoncés pour la rentrée à la fac de Lettres ?" demande un jeune homme acnéique assis à trois chaises de la Mouette. La nana de l'Université cite des noms que Gabriella n'écoute pas, trop occupée à se faire repérer de la future correctrice ou secrétaire d'édition porteuse de micro. Ses longs bras s'agitent en l'air. La fille fait signe qu'elle l'a vue.

— Qu'est-ce que tu vas poser comme question ? demande Sébastien Gianni, en passant sa tête devant celle du Poulpe.

— Surprise...

— Tu ne veux pas demander à Beauvoir comment est financé le festival, histoire de la voir bafouiller ?

Isabelle Gody a aussi repéré Gabriella. Elle la regarde bizarrement et ce n'est peut-être pas à cause de ses gesticulations. Une intuition. Gabriella se penche un peu vers Séb (le Poulpe est obligé de basculer en arrière sur sa chaise) et touche son épaule pour lui répondre à l'oreille :

— Ce n'est pas ce que je veux savoir. De toute façon, ces gens ont réponse à tout, tu le sais bien.

Leurs cheveux se touchent, Gianni a un mouvement pour éloigner une longue mèche sud-américaine qui chatouille sa joue. Ça peut passer de loin pour un geste intime et cela n'a pas l'air de plaire à la veuve Gody. Ces deux-là seraient ensemble aussi ? Le petit gars de la Mare Rouge et la chargée de collection du MUMA[7] ? Pourquoi pas, après tout. Ce ne serait pas la première bourgeoise à s'encanailler avec un militant *issu des quartiers*. Pour se venger de la liaison de son mari ? Cela expliquerait pourquoi Blanche, l'écouteuse aux portes, est au courant de choses qui ne la concernent pas. Cela expliquerait les échanges de Rhinovirus, le stand à Niemeyer et l'assiduité de Séb dans le coin alors même qu'il passe son temps à fustiger le festival et ses activités.

— Mme Gody a vraiment beaucoup de charme, tu ne trouves pas, Gabriel ?

Pour toute réponse, le Poulpe lève un sourcil qui signifie son désintérêt pour le sujet et Séb engueule sa fille qui vient de renverser son Coca sur son jean. Mais le moment est venu d'attraper au vol le micro voyageur. La jeune fille, qui doit aussi avoir un Master en déroulage de câble, fait tout pour que le micro parvienne sans encombre jusqu'à Gabriella. Il passe de main en main et arrive jusqu'au Poulpe qui le lui tend avec un regard appuyé — censée l'encourager ? Elle pourrait presque entendre son cœur de PapaPoulpe battre un peu plus rapidement que d'habitude. Il est sans doute comme elle en train d'anticiper les moyens de déguerpir *via* la sortie la plus proche située dans le prolongement de leur rangée.

Gabriella se lève, ménage ses effets. Silence. Les premiers rangs tournent la tête. Certains visages restent en arrêt, charmés par l'allure de la jeune fille. Maddy Beauvoir, elle-même, la scrute, intriguée. Les deux autres intervenants échangent des regards interrogatifs : la pause dure un peu trop longtemps pour ne pas troubler. Depuis la sortie du funi, Gabriella a eu le temps de se demander comment elle amènerait la question le moment venu. C'est tout vu.

— Bonjour mesdames, bonjour monsieur. Ma question s'adresse à Mme Beauvoir : *Comment vont les enfants de San Pédro* ?

Les têtes des premiers rangs se tournent vers l'estrade (à part deux ou trois qui restent bloquées sur Gabriella). Le silence qui suit est plus long que celui qui a précédé la question. Le bronzage doré d'Isabelle Gody vire jaunâtre, elle s'agite sur son siège en manipulant des fiches qui ne lui servent plus à rien. Maddy Beauvoir s'empare tranquillement d'une petite bouteille sur la table, prend le temps de verser l'eau dans un verre en verre, en avale une grande gorgée, se saisit du micro posé à côté de la bouteille, se redresse sur sa chaise, décroise une jambe, croise l'autre, prend le temps de replacer une mèche derrière son oreille gauche et se lance enfin.

— La Paz... quel lieu étonnant, quel charme... Ce paysage rouge, ce périphérique étonnant...

Gabriella la laisse dérouler son blabla-guide-du-routard. Elle aurait dû préciser que La Paz se situe en Bolivie, la moitié des gens ici ne savent pas de quoi il s'agit et n'ont jamais entendu parler de San Pédro. Mais pour le moment, Mme Beauvoir joue la connivence avec son interlocutrice. Elle est tout sourire. Celui du piranha qui, à la première occasion, sautera sur sa proie pour la déchiqueter menu-menu. Après quatre minutes de langue de chêne doublé d'ébène, Maddy essaie quelque chose.

— C'est drôle que vous posiez cette question car j'allais justement faire une annonce, une sorte de scoop final, (huhu !), concernant les liens entre notre ville du Havre et la ville de La Paz... Vous m'obligez à chambouler un peu mon programme, et c'est très bien comme ça ! N'est-ce pas, Isabelle ?

Mme Gody sue à grosses gouttes depuis quelques secondes. C'est vrai qu'il fait de plus en plus chaud sous le barnum et qu'aucune ventilation n'est prévue. Aucune sortie de secours non plus pour échapper à la question de Gabriella. Isabelle Gody bafouille quelques mots que personne n'entend — son micro est sur la table. Elle invite Maddy Beauvoir, d'un geste, à poursuivre sa palabre. Combien de temps va–t-elle tenir sans répondre à la question ? Gabriella se tourne vers Le Poulpe qui se fend d'un petit clin d'œil discret. Séb, lui, n'a pas l'air de piger ce qui est en train de se passer.

— Oui... J'allais annoncer en fin de rencontre, le jumelage des deux villes. Un jumelage culturel et humanitaire ! C'était le clou de l'après-midi et je me vois dans l'obligation de le... *spoiler* dès à présent, comme disent les jeunes ! (huhu !), à cause de vous... mademoiselle... mademoiselle ?

— Tina.

Le micro sur l'estrade tressaille un peu.

— Tina... oui...

— Tina Mimani.

Le sourire praline de Mme Beauvoir dégouline soudainement. Derrière elle, Séb demande des explications à Gabriel. Quelque chose lui échappe. La salle bruisse de chuchotements, le public commence à sentir qu'il assiste à une scène étrange. Les deux vigiles, d'un seul homme, se déplacent lentement en contrebas de la scène. La dame leur fait signe de ne pas bouger. Pour le moment.

— Mademoiselle Mimani... Un nom typiquement bolivien si je ne me trompe pas ?

— C'est exact.

— Vous êtes de La Paz ?

— Exact.

— Hé bien, sachez, Tina, que je suis très heureuse de ce partenariat entre nos deux...

— Je vous prie de bien vouloir m'excuser, madame, je vous ai posé une question. Souhaitez-vous que je la répète ?

— Elle concernait...

— Les enfants de San Pédro.

— Oui, les enfants de San Pédro...

Le seul homme du plateau questionne Maddy :

“Je me permets, Mme Beauvoir. Quand vous parlez de San Pédro, de quoi s’agit-il ? Je pense que je ne suis pas le seul, ici, à ne pas comprendre le propos de cette conversation…” Murmure dans la salle. Les yeux de Maddy et Isabelle ressemblent à des boules de flipper prêtes à déclencher un tilt. Ni l’une ni l’autre ne savent plus quoi faire de leur micro. Pas de problème. Gabriella va éclairer tout le monde. C’est parfait. Elle est la mieux placée pour parler du *Paraiso*. Et en quelques phrases brèves elle raconte, la prison autogérée, les hommes, les femmes, les enfants, les trafics de tout genre, les gangs, les élections cependant, l’organisation interne, les cours dispensés aux enfants des détenus, *Escuela Bolivia*, la corruption, les mariages, la violence, l’amour, dans un lieu clos où naissent et meurent des êtres humains, loin, très loin des préoccupations du Havre… Elle le fait sans pathos ni lyrisme. Et tandis qu’elle raconte San Pédro, les chuchotements s’épaississent dans son dos, les regards alentour la dévisagent, vont d’elle à Maddy Beauvoir, de Maddy Beauvoir à Isabelle Gody et semblent questionner : quel est le lien entre Le Havre, La Paz, cette prison et les enfants ? Personne ne comprend plus rien et Gabriella n’est plus la seule à attendre une réponse à la question posée.

— Alors, Mme Beauvoir, je le répète : Comment vont les enfants de San Pédro ?

— Je ne suis pas sûre de saisir votre question, mademoiselle.

Gabriella non plus, qui n’en sait pas plus sur le sujet. Elle hausse les épaules. Elle ne risque pas de l’aider. Qu’elle se démerde toute seule.

— Vous voulez sans doute parler de…

— Oui, c'est cela, je veux parler de.

— … de ce qui était le cœur de notre travail, là-bas, avant que Marcus ne… pardon, avant que Marcus Gody… avant le drame qui endeuille ce festival ?

Après l'enjouement excessif, le ton tragique. Isabelle et Maddy ne se partageaient pas seulement le même homme, elles doivent aussi avoir le même directeur de com'.

— Votre collaboration avec Marcus Gody à San Pédro… On peut en parler ?

— Mademoiselle, je vous invite à poursuivre cette conversation plus tard, car le propos dépasse le cadre de la table citoyenne qui était prévue. Je vois une main se lever dans le public, nous ne pouvons consacrer plus de dix minutes à chaque réponse.

Le ton a encore changé. Gabriella le reconnaît, c'est celui des politiques (ou des canailles) qui refusent d'être sondés plus avant. Isabelle Gody vient à la rescousse de sa "copine", quoique le mot "sororité" ne saute pas à l'esprit quand on les voit toutes les deux côte à côte.

— Malheureusement, Mme Beauvoir, le temps est venu de clore ce moment d'échange. Nous ne pouvons monopoliser le lieu plus longtemps. À 16 h, un groupe scolaire viendra réciter des poèmes contre la guerre, écrits toute l'année dans le cadre d'un atelier créatif en partenariat avec…

Criiiiiiiiiiiiiiiiiii ! Criiiiiiiiiiiiiiiiiii !

C'est parti pour l'action. La bénévole qui s'est

introduite dans la rangée, essaie de récupérer le micro en esquissant une petite danse désordonnée des membres inférieurs et supérieurs. Gabriella esquive ses gesticulations et enchaîne :

— Qu'est-ce qu'il se passe à San Pédro, Madame Beauvoir ? Pourquoi la fondatrice *d'Escuela Bolivia* a-t-elle été retrouvée poignardée à deux pas de la prison ? Quelles étaient les activités de *SodaSudEducation* au sein de...

Le son est coupé. Les deux molosses sont lâchés. Ils arrivent à toute allure des deux côtés de la rangée. La foule s'affole, des cris résonnent en même temps que des coups de tonnerre. L'orage approche. Sous le chapiteau, c'est le bordel. Gabriella et Le Poulpe échangent un rapide regard. Elle se charge du vigile qui arrive sur sa gauche, il s'occupe de l'autre. Le gars pousse trois mémés et dégage trois chaises avant d'arriver à la hauteur de Gabriella. Le micro, dégagé de son capuchon en mousse noir, s'avère une arme intéressante : l'œil gauche du gorille n'a pas le temps de s'étonner de l'impact. "Sorry" dit Gabriella avant de courir vers la sortie la plus proche. Elle entend du grabuge dans son dos, la voix de PapaPoulpe, en prise avec l'autre gaillard. Il a encore du répondant, elle ne s'en fait pas pour lui, il saura faire diversion.

À la sortie du chapiteau, pas de trace de la mouette. Gabriella trace en direction de la voûte de l'entrée Sud. Et n'est pas la seule. Elle se sent coursée. Le Poulpe n'a pas réussi à retenir bien longtemps l'autre vigile. Mais il est pour le moment à une distance qui permet à Gabriella de lui échapper. Elle retrouve ses réflexes d'athlète, ceux qui la portaient quand elle improvisait des courses d'obstacles avec ses copains de La Paz, de faux "400 mètres haies" dans le périmètre restreint de la prison. En guise de haies, des tabourets, des chaises, de vieux fauteuils éventrés... Oui, elle a encore de bonnes jambes. Ça y est, la mouette apparaît dans son champ de vision. Surgie dont ne sait où, elle court à présent devant Gabriella à une cinquantaine de mètres de distance et son rythme est une invitation à la suivre. L'arche de l'entrée n'est plus loin, la mouette glissera certainement ensuite vers les escaliers qui descendent vers la ville du Havre et la plage. C'est ce que Gabriella a prévu de faire. Là, devant, l'autre vole plus qu'elle ne court. Normal pour une mouette. Gabriella, bonne au sprint et a priori avantagée par ses longues jambes, peine à suivre pourtant. L'essentiel, c'est que le mec qui les course ne mette la main ni sur l'une ni sur l'autre. La fusée rousse court vers un lieu que Gabriella n'avait pas encore repéré dans le parc, juste en contrebas du panorama sur la ville du Havre : un labyrinthe de verdure. Qu'est-ce qu'elle fout ? Gabriella a toujours rêvé de s'aventurer dans un de ces jeux de haies. Pour son dixième anniversaire, Pedro lui a offert un album d'*Alice au Pays des Merveilles* dans lequel figurait un labyrinthe circulaire qui l'a longtemps fasciné, mais ce n'est franchement pas le moment. Celui-ci est tout en longueur d'après ce qu'elle peut en voir sous cet angle et à cette distance. Gabriella tourne la tête pour estimer la distance qui la sépare de Monsieur Muscles. Il est en train de cracher ses poumons à une trentaine de mètres derrière. Et des jurons aussi. En espagnol. Cette voix… Non, ce n'est pas possible que ce soit lui. Gabriella s'engouffre dans le dédale de buissons : combien de sorties là-dedans ? Et pourquoi ce ruban de balisage rouge et blanc sur le gravier à l'entrée ? Pas le temps de réfléchir. Elle a l'impression d'être dans un jeu vidéo grandeur nature, sauf qu'elle ne peut pas jouer des manettes pour obtenir une vue du ciel. Son seul repère est un pan de chemise blanche qui volète à chaque angle de haie. Pas pour longtemps, au bout de quelques secondes de course, le bout de tissu a disparu. Il ne reste à Gabriella que le bruit du feuillage pour s'orienter. C'est pas de la tarte. Ce serait le moment de pousser un de tes fameux cris, copine. Mais, ça permettrait aussi au gorille de les repérer. Et au "*mierda* !" qu'elle entend dans son dos, elle sait qu'il est déjà là. "Alvaro ?" s'entend-elle crier. Elle ne peut pas prendre le risque de se retourner. Des ronces lui griffent les bras à chaque bifurcation, ses cheveux s'accrochent aux branches. Ça fait combien de temps qu'ils n'ont pas débroussaillé le coin ? Une goutte, deux, trois… des milliers de gouttes, à présent, trempent son débardeur en quelques secondes. Il ne manquait plus que ça. Un éclair illumine le ciel presque noir, suivi immédiatement d'un coup de tonnerre assourdissant. À chaque nouvel embranchement, une surprise bonne ou mauvaise : c'est la quatrième haie qu'elle se prend en pleine face et aucune idée du chemin qu'elle est censée suivre. Évidemment, un labyrinthe balisé perdrait de son intérêt…

Crriiiiiiiiiiiiiiiii ! Crriiiiiiiiiiiiiiiii ! Gabriella commence à paniquer. Aucune visibilité sur ce qu'il se passe devant et derrière elle. La pluie l'aveugle et rend le terrain glissant. D'où viennent les cris ? Une rieuse vole au-dessus du terrain de jeu. Pour lui indiquer une direction ? Si elle continue de courir les yeux en l'air, elle va se vautrer à terre, si elle continue de courir sans indices, c'est comme une quête absurde qui ne mène nulle part et qui risque de se terminer dans les bras du malabar qui la poursuit. Gabriella continue d'évoluer le plus rapidement possible, de manière saccadée, tentant de trouver une technique, à coups d'accélération et de décélération, de couloirs en impasses mais, alors que ses yeux se brouillent de gouttes d'eau du ciel, et de larmes pour elle ne sait quelle raison (il y en a beaucoup à l'instant même), sa tête est tirée en arrière. Dans la seconde, Gabriella fouille sa poche de treillis et s'empare de Pachamama pour frapper violemment la main qui agrippe ses cheveux, au niveau des phalanges. Seul moyen de faire céder son agresseur, c'est Alvaro qui lui a montré le truc. Le couteau-papillon est resté dans sa sacoche, sous le chapiteau. Évidemment, au moment où elle en a besoin. Pourvu que Le Poulpe ait pensé à la récupérer... La grosse paluche lâche légèrement prise, un chouia, mais ça ne va pas être suffisant, le mec vient de passer son autre bras sous son menton. Elle sent son souffle chaud dans son cou. "*Eres mio*[8]". Il serre un peu plus son étreinte. Ça va se terminer en combat dans la boue. Alvaro ou pas, rien à foutre, Gabriella tourne la tête de trois-quarts pour agripper son avant-bras et sa main — grande comme une patte d'ours — puis frappe de toutes ses forces, du plat de sa paume, les parties sensibles du bestiau. Il hurle. C'est le but. Elle en profite pour glisser sous son aisselle et se retrouve dans son dos. Le violent coup de pied latéral exécuté par la *Dr. Martens* atteint cette fois l'intérieur du genou. Deuxième hurlement. L'homme s'effondre face contre gadoue. Pas moyen de voir s'il a un tatouage, il porte la veste noire des vigiles. La suite logique consisterait à partir en courant, mais Gabriella, dans la bagarre, a perdu Pachamama. Elle scanne le sol, le bordel de buissons et de ronces : rien. La pluie cesse tout d'un coup. Le gars commence à se relever en s'accrochant aux feuillages. Temps de déguerpir. Nouvelle gifle de ronce à hauteur du visage, de la tempe droite à la joue gauche en passant par la bouche, sa lèvre supérieure se met à saigner à grosses gouttes. Gabriella glisse en voulant s'essuyer et se rattrape de justesse à une branche. Vraiment ras- le-bol de ce jeu à la con. Ça avait l'air plus fun dans le livre de Pedro. Mais des doigts, tout fins ceux-là, saisissent ceux de Gabriella, extirpée d'un coup du labyrinthe. Elle continue sa course main dans la main avec la rousse à casquette comme si elle venait de finir une épreuve de *Koh-Lanta* et qu'elle était conduite au coin réunion pour faire le bilan de l'épreuve.

— On va où ?

— Fais-moi confiance, je connais le coin comme ma poche !

— Et le vigile ? demande Gabriella, haletante, en grimpant la butte raide sur laquelle la fille l'entraîne.

— Une petite surprise l'attend.

Elle s'arrête pour désigner une pancarte rouge et blanche posée à la sortie du labyrinthe : ATTENTION GUÊPES.

— Le labyrinthe est condamné depuis deux mois à cause d'essaims qui n'arrêtent pas de se déplacer.

— Tu veux dire que tu m'as fait courir dans un labyrinthe bourré de guêpes ?!

— T'es vivante, non ? Elles sont à la fin du parcours. Il va foncer droit sur la dernière sortie où elles l'attendent. Viens on se tire avant que les autres ne rappliquent !

Un petit bataillon d'hommes en noir arrive au pas de course alors qu'un trémolo long et aigu retentit en contrebas : le bonhomme jaillit du labyrinthe en accéléré, bras en l'air, poursuivi par trois nuées mouvantes, noires et compactes. On dirait une vignette de Boule et Bill. *Bill y Bolita* en Amérique du Sud. Cadeau de Tina à chaque anniversaire, même quand elle était déjà trop grande pour ça.

— Je crois que je le connais l'homme du labyrinthe...

— Pas étonnant, le staff de sécurité du festival vient en partie de San Pédro.

— Tu sais que je viens de La Paz ?

— Évidemment. Tu es Gabriella du Paraiso. Je connais tout de toi.

Tout de moi ? Ben voyons.

— Lui, là-bas, c'est Alvaro ?

— C'est qui Alvaro ?

— Tu devrais le savoir, si tu connais tout de moi.

— Façon de parler... Tina n'a pas tout dit.

Non, Tina n'a pas tout dit. Ni aux mouettes ni à Gabriella.

20

Rue Poulet.

Non, Tina ne lui a pas tout dit. Elle a préféré envoyer son commando de messagères. Et Gabriella se retrouve sur un balcon, perchée au dernier étage d'une rue nommée Poulet dans un HLM bord de mer donnant sur le port de plaisance. Adresse cocasse pour une mouette. Après avoir étendu leurs fringues mouillées sur un tancarville, la fille l'invite à la suivre dans le salon, très bien rangé — trop ? — presque vide. Une table en formica, deux chaises pliantes, une bibliothèque, un canapé et une table basse sur laquelle sont posés des bouquins. A côté du canapé, un mannequin de couture féminin avec tête affublée d'une perruque blonde et d'une casquette de marin. Sur son buste, une élégante veste noire. Rien aux murs sinon une tapisserie délavée couleur saumon. Mais ce qui intrigue Gabriella, ce sont les bruits qui viennent de derrière cette porte close au fond de la pièce. Une colocation ? Pas de noms en guise d'indice sur la porte d'entrée. Gabriella finit de boutonner une chemise prêtée par son hôte le temps que son T-shirt sèche. Pour l'instant, seule la jeune femme du jour est là, avec son couvre-chef encore vissé sur la tête. À son cou, un pendentif doré que Gabriella n'avait pas remarqué jusqu'à présent.

— Elle te plaît ma mouette ? Cadeau de mon père.

Elle invite Gabriella à prendre place, non pas sur le canapé qui a pourtant l'air confortable, mais sur l'une des chaises. Elle lui a laissé la vue sur la Manche. Un verre d'eau en guise de bienvenue.

— C'est chez toi ?

— Et chez d'autres.

— Chez Stella ?

— Tu la connais ?

— Aperçue jeudi soir au Jardin. Elle avait un truc gênant sur le dos. Comme moi tout à l'heure dans le labyrinthe. On va jouer longtemps aux devinettes ?

— On joue aux devinettes, parce que t'arrêtes pas de poser des questions.

— Encore une : elle est où, Stella ?

— Si tu veux, je te présente tout le monde.

— C'est Stella que je veux voir. C'est elle la cheffe, non ?

— La cheffe ? La fille sourit. Pas de cheffe chez nous. Suis-moi.

Elle se lève pour se diriger vers la porte du fond, celle d'où s'échappent des bruits non identifiables. En passant à côté de la table basse, Gabriella reconnaît la couverture d'un livre : *Lâchez tout*. Francis a eu du nez. Elle n'a pas eu le temps d'ouvrir son exemplaire depuis la soirée du *Feu sacré*, et pour cause… À côté, un autre titre, *Le trop de réalité*, de la même autrice et, derrière les murs, en guise de commando, des spécimens volants tout à fait identifiables : les rieuses sont une petite dizaine, sages, perchées sur des étagères et des espèces d'arbres, pas à chats mais à mouettes, avec mangeoires, fontaines, nids-niches de toutes sortes. Par une fenêtre grande ouverte, elles vont et viennent. La pièce ressemble à une volière géante occupée par des oiseaux tranquilles qui vaquent à leurs occupations sans se préoccuper de la nouvelle venue. La jeune femme se penche pour ramasser une bâche en plastique qui couvre le sol.

— Tu m'aides ?

Elle roule sur lui-même le tapis éphémère avec une grande rapidité. Un geste qu'elle doit répéter souvent ; en trois-quatre mouvements, l'affaire est pliée. Les mouettes ne sont pas effarouchées. L'une d'elles vient se poser sur l'épaule de son humaine alors que cette dernière roule en boule la protection couverte de fientes pour la jeter dans un grand sac à gravats à l'entrée de la pièce. Gabriella est réquisitionnée pour dérouler une nouvelle bâche.

— Des "mouettes voyageuses" ?

— Ça me plaît, dit comme ça. Plus que "Mouettes flingueuses" ou "commando"...

— Mais les journaux, eux, quand ils parlent des "Mouettes flingueuses", pensent à un commando de filles, pas à des *pajaros* !

— Tiens, tire un peu par là. Voilà... "les journaux", tu veux dire les pigistes qui passent d'un article à l'autre sans investiguer plus loin ? Ils ont raison. Et ils ont tort...

— C'est reparti pour les formules mystère et boules de gomme...

— Fais gaffe, te prends pas les pieds dans le plastique.

À la sortie de la volière, une casquette accrochée à une perruque vole sur le canapé. La fille, tête en bas, secoue ses cheveux des deux mains. La lumière qui vient de la porte-fenêtre du salon transforme sa tignasse électrique en une auréole dorée. Elle rit, mais pas comme ses copines à ailes, d'un rire joli, léger comme un duvet de bébé goéland.

— La blonde de jeudi, la fille de la bib, c'était toi ? T'es le commando à toi toute seule...

— Déçue ?

— Vu ce que disent les journaux, j'imaginais une milice de guérilleras !

— Tout ce qui a à voir avec le vocabulaire militaire ou paramilitaire me débecte.

— Une organisation résistante, si tu préfères.

— Résistante... C'est quoi la résistance aujourd'hui en France ? Je suis une déserteuse. Et crois-moi, personne n'aime les déserteurs. Traîtres pour les uns, irresponsables pour les autres. Le cri de ralliement le plus subversif pour l'ordre social, c'est l'appel à la désertion. Quand j'ai pigé ça, tu ne peux pas savoir comme je me suis sentie libérée.

La voix de Stella est douce mais son débit particulier, les pauses entre les mots parfois longues, un peu comme celles d'une étrangère qui chercherait son vocabulaire.

— N'empêche, tu n'as pas complètement déserté puisqu'on se retrouve là toutes les deux.

— J'ai déserté de nombreux territoires. Je refuse d'adresser la parole à certaines personnes, de perdre mon temps avec les vivants-morts.

— Je crois comprendre ce que tu veux dire... Moi aussi, dans mon genre, je suis une déserteuse. Leurs histoires ne m'intéressent pas, leurs luttes, leurs batailles, ni en Bolivie, ni ici... On me dit que je vis comme une "punk", une marginale, mais même ça, je ne vois pas ce que ça veut dire, c'est toujours faire partie d'une bande, et les bandes, je sais de quoi elles sont capables.

— C'est pour ça que je t'ai accompagnée dans ta quête. C'est pour ça que je te parle, à toi. Ça ne m'est pas arrivé depuis des mois. Ça me fait bizarre. Je bute sur les mots.

— Moi, ce qui me fait bizarre, c'est que tu saches des choses sur ma vie alors que je ne connais rien de toi...

— C'est Tina.

Elle va vers la bibliothèque — un placard mural transformé en étagères à livres — et en sort un épais album photo. Stella invite Gabriella d'un geste à s'asseoir sur le canapé à côté d'elle.

— Regarde...

Gabriella hésite à jeter un coup d'œil sur les deux pages ouvertes sur les genoux de Stella. San Pédro, évidemment... Sur la page de droite, Tina et Stella, épaule contre épaule, souriantes, ont les mains posées sur les épaules de deux enfants.

— Désolée... Je ne peux pas...

— Tu peux juste m'écouter si tu veux.

Gabriella se cale dans le moelleux du canapé couleur moutarde aux grosses côtes de velours. Dans la pièce d'à côté, les mouettes se sont tues elles aussi.

21

Monologue de la mouette.

Quand j'ai connu Tina, je venais d'avoir 28 ans, c'était en 2019. Je ne faisais pas grand-chose de ma vie, j'étais contractuelle pour l'Educ nat, c'est-à-dire bouche trou, pour l'académie de Rouen : j'enseignais le français à des gamins qui voyaient défiler des profs remplaçants dans des zones dites "prioritaires". Leur prof était le plus souvent en "maladie longue" — traduire "en dépression" ou en "burn out", comme on dit aujourd'hui. Bref, je faisais cours à des mômes surexcités, ou au contraire complètement amorphes, et je fréquentais des salles des profs, toutes les mêmes, et leurs visages déprimés, ou anxieux, ou nerveux, ou les trois à la fois. Il fallait que je trouve quelque chose pour sauver ma peau avant de ressembler à tous ces vivants-morts. Je répète souvent ce mot ? Oui, c'est l'effet que me font tous ces gens qui traversent leur propre vie en fantômes et qui, si on ne fait pas gaffe, finissent par vous contaminer avec leur vision étriquée de la vie. À l'époque, j'avais des "valeurs", j'étais une idéaliste, c'est-à-dire une orgueilleuse qui allait montrer au monde de quel bois elle se chauffait. J'ai tapé "associations humanitaires dans le domaine de l'éducation" sur Google. J'ai vu qu'*Escuela Bolivia* avait une antenne au Havre, j'ai lu le petit historique, les missions en Amérique latine, dans la prison de San Pédro. J'ai tout largué (c'est-à-dire pas grand-chose) pour rejoindre *Escuela Bolivia* en Bolivie, quinze jours après avoir eu un entretien avec Tina. Là-bas, j'allais enfin être utile à quelque chose, j'allais découvrir le sens. De quoi ? Je ne savais pas, mais ça serait toujours mieux que de rouiller en France.

... Tu entends ? Une corne de brume... c'est beau, hein ? Quand j'étais petite, c'était mon son préféré. Avec celui des mouettes. Tu sais que j'ai failli m'appeler Mouette ? Non. Pourquoi tu le saurais. Ma mère a demandé à mon père de déclarer ce prénom à ma naissance, mais la mairie du Havre a refusé : "contraire à l'intérêt de l'enfant". Comme il ne savait pas quoi faire, mon père, qui était accompagné de notre chien Pignouf, a écrit les trois autres prénoms figurant sur la liste "fille" sur des bouts de papier et les a mis dans sa casquette. Il a demandé à Pignouf d'en tirer un. J'aurais aussi bien pu m'appeler Agnès ou Judith. J'imagine la tête de l'officier d'état civil. Oui, c'est drôle, hein, mon prénom a été choisi par un chien ! que j'aimais beaucoup et qui un jour s'est échappé de chez nous en grignotant patiemment sa laisse la nuit au fond du jardin. Lui aussi a déserté. Il n'est jamais revenu. J'ai beaucoup pleuré. Mon premier grand chagrin. Ah, toi aussi, un chien, quand t'étais petite ? Oui, tu vois ce que je veux dire alors... J'aurais donné ma vie pour qu'on le retrouve et j'en ai voulu à mes parents de ne pas passer leurs nuits et leurs jours à le chercher. Mes parents, donc, après ma naissance, m'ont appelée Mouette et Stella, en alternance. Très tôt, je me suis prise d'une passion pour elles. Je dévorais livres, albums, docs, je collectionnais images, posters, autocollants. À l'âge de cinq ans, j'avais un grand mépris pour ceux qui confondaient les mouettes et les goélands ! J'ai commencé à sympathiser avec mes premières copines à l'âge de dix ans. J'imitais leur cri et elles venaient à moi, au début, surprises de me trouver à la fenêtre, puis elles revenaient. J'avais fabriqué une mangeoire, un abri pour les jours de tempête... Elles sont devenues les amies que je n'avais pas à l'école. Mes parents me laissaient faire. J'étais fille unique, solitaire, choyée... Ma mère est morte d'un moche cancer quand j'avais 15 ans, mon père, il y a quatre ans. J'étais à San Pédro quand j'ai été prévenue, bloquée à La Paz à cause du confinement de mars 2020, la Bolivie a fait partie des pays les plus touchés au monde par la pandémie. Très tôt, les frontières ont été verrouillées, les vols régionaux et internationaux, interdits. Le pays était aussi en pleine crise politique. Malgré mes démarches, mes suppliques auprès de l'ambassade de France, je n'ai pas pu enterrer mon père et je l'ai retrouvé dans une urne glissée dans un placard à morts, plusieurs mois après. J'ai vécu dans la prison durant tout ce temps, avec Tina et les enfants, et, si je n'y avais pas appris la mort de mon père, je pourrais dire que j'ai passé les plus belles années de ma vie là-bas. Tu as quitté San Pédro trois années avant, c'est ça ? On s'est loupées de peu... Je me suis donnée à fond, sans calcul, sans arrière-pensée, durant ces deux premières années de travail à distance et sur le terrain. J'avais enfin trouvé ma vocation : aider, donner, donner, donner de moi, de mon temps, de ma vie pour une cause noble. A posteriori, je peux dire que je l'ai fait en exaltée, en enragée. Et ça n'était pas juste. Ni pour les autres ni pour moi. Je considérais mes proches avec condescendance, mon père notamment, qui ne comprenait pas mon soudain éloignement du Havre. Je suis devenue une donneuse de leçons et j'ai perdu le peu d'amis que j'avais encore en France. Ça m'importait peu à ce moment-là : ma vie, c'était Tina et les enfants de la prison. Quand j'étais au Havre, je rédigeais des rapports, je collectais de l'argent, je m'occupais de la paperasse associative... Je retournais à La Paz dès que je pouvais. Le peu d'argent que j'avais mis de côté pendant mes années d'enseignement, je l'utilisais pour payer ces voyages. *Escuela Bolivia* ne pouvait participer qu'à hauteur de 10 % des vols. Ça s'est un peu amélioré avec l'arrivée de Gody. C'est bien son seul apport positif dans cette histoire. Je suis tombée amoureuse en plein milieu du chaos, des problèmes d'approvisionnement en eau et nourriture, des malades et des morts à évacuer. Ça te paraît peut-être bizarre, mais c'est ce qui est arrivé : Tina et moi, on est tombées amoureuses, après deux années de travail à distance et sur le terrain. De mon côté, c'était, comme pour le reste, un amour passionné, démesuré. J'ai même été jalouse de toi, Gabriella. Tina me parlait souvent de sa petite sœur, de son amie de cœur, j'ai demandé à te rencontrer, elle n'a jamais voulu, je ne sais pas pourquoi. Tu sais, toi ? Je pensais qu'elle me cachait quelque chose, que votre lien était plus que de l'amitié. Je posais beaucoup de questions, je voulais une relation exclusive mais je me gardais bien de manifester ma jalousie, j'avais trop peur de la perdre. Alors, j'ai appris à t'aimer à travers ses histoires, je me suis mise à rêver d'une vie à trois, tu aurais été notre sœur, notre enfant, notre amante s'il le fallait. Oui, je comprends ta réaction... Moi-même, quand j'y repense... Elle ne t'a jamais parlé de nous deux ? Je pense qu'elle se méfiait de moi. Je le sais maintenant, son amour était plus désinvolte, plus "de circonstances"... Des mouettes à San Pédro ? Non, tu sais bien, très peu. C'est te dire si j'étais amoureuse pour les abandonner aussi régulièrement. Mais, chaque fois que je revenais au Havre, elles étaient là. Ça fait deux ans que je vis dans cette HLM, je ne m'y sens pas vraiment chez moi, je l'ai obtenu grâce à un vieil ami de mon père. Quand j'allais en Bolivie, je fermais la fenêtre de la volière pour qu'elles ne puissent pas rentrer. Je ne voulais pas que les voisins alertent la régie de l'immeuble. C'est déjà arrivé une fois, j'ai dû tout débarrasser en un rien de temps avant le contrôle. Bref... J'étais dévouée et amoureuse, et je prenais la réserve sentimentale de Tina pour de la pudeur. C'est l'histoire que je me racontais pour ne pas souffrir de la distance qu'elle s'appliquait à mettre entre nous. Parfois, ça dure quelques secondes seulement, mais assez pour me torturer, je me demande jusqu'à quel point Tina n'a pas utilisé mon bête romantisme uniquement pour la survie *d'Escuela Bolivia.* D'ailleurs, quand Gody est arrivé à San Pédro, elle s'est progressivement éloignée de moi...

C'est lui qui l'a tuée, Gabriella. C'est à cause de lui qu'elle est morte. Et c'est lui qui m'a transformée définitivement en mouette. Oui, je sais, tu veux te venger mais tu l'es déjà : Gody est mort. Les hommes qui ont poignardé Tina ne sont que des petites mains de San Pédro, tu sais mieux que moi comment ça marche. Toi aussi, tu as dû... OK, je ne parlerai pas de ça... Non, reste assise. Je vais te chercher un verre d'eau, tu veux ? ... Bien, alors, laisse-moi finir... Gody est arrivé à San Pédro juste après le déconfinement. Au début pour essayer de vendre son soda bio. Oui, pas la peine que je revienne là-dessus. Quand son projet commercial a capoté, il s'est rapproché de Tina. Il a commencé à poser des questions sur *Escuela Bolivia*, sur le fonctionnement de l'association, sur ses missions... C'était un signe selon lui, deux Havrais qui se retrouvent à La Paz : ils avaient des choses à accomplir. La fondation *SodaSud-Education* pouvait apporter un soutien financier aux projets de Tina, ses donateurs étaient généreux, l'union des deux structures humanitaires pouvait répondre aux besoins de soutien scolaire dans la région, des écoles allaient se construire dans les terres les plus isolées... J'ai tout de suite dit à Tina que je ne sentais pas ce mec... C'était pas seulement sa dégaine de vieux beau, son ton hâbleur, son arrogance toute française... Je savais que rien ne l'intéressait que lui. L'humanitaire, “la cause des enfants” comme il disait, c'était un moyen d'arriver à ses fins, sa propre gloire, d'une manière ou d'une autre. Rien que de bien banal. Son statut de petit missionnaire ne le satisfaisait plus et Maddy Beauvoir était la cause de cette nouvelle ambition. Et après tout, pourquoi pas. L'ambition n'est pas un problème en soi, elle peut même servir des causes, apporter du beurre dans les haricots rouges d'assoce comme *Escuela Bolivia.* C'est ce que m'a répondu Tina quand je lui ai dit de dégager Gody de San Pédro. Notre première dispute, c'était cause à de lui. Elle n'était dupe de rien, me disait-elle, mais *Escuela Bolivia* avait besoin de fonds surtout après les conséquences de la pandémie, elle en avait marre de galérer et, si ce Gody pouvait lui ouvrir des portes et des porte-monnaies, elle n'allait pas se gêner pour les essorer comme une serpillère, lui et ses millionnaires humanistes... C'est vrai que la situation dans la région et plus spécialement dans la prison était désastreuse. De nombreux enfants se sont retrouvés orphelins à San Pédro, d'autres, encore élevés par leurs parents, vivaient dans une extrême misère et dans des conditions d'insécurité maximales. Gody a commencé à s'intéresser au potentiel offert par cette conjoncture. À ta tête, j'imagine que tu penses à des choses terribles. Il y a des degrés dans la barbarie sans doute. Mais quand il s'agit d'enfants, c'est toujours grave. L'adoption est un super filon, non ? Et là, on entre en pleine zone grise (comme ils disent). Qui "ils" ? Je ne sais pas, personne et tout le monde. Qui pour s'opposer à l'idée de sortir des enfants de la misère et de la violence ? Qui pour dire non à un avenir et à un environnement sûr pour des enfants enfermés dans une prison réputée pour sa loi du plus fort, ses guerres de gangs et son règlement intérieur plus qu'aléatoire. Quitte à les séparer de leurs parents, quand ils en ont encore. L'idée a commencé à germer dans la tête de Gody. Et je sais pourquoi. Pour qui. Maddy Beauvoir, 41 ans à l'époque, en mal d'enfants. Ça, je l'ai appris plus tard en menant mon enquête sur ce petit monde. Maddy Beauvoir a été mariée pendant dix ans et a fait pendant cinq ans FIV sur FIV sans succès, en France, à l'étranger. C'est pour elle que Gody a commencé à s'intéresser de près aux orphelins de San Pédro. D'abord pour elle, ensuite pour la source de bénéfices : le marché de l'adoption est une vraie manne. En France, les contrôles sont de plus en plus sévères. Mais par la fondation *SodaSud*, Mister Peace avait des contacts aux États-Unis. Tu sais que, là-bas, des enfants achetés pour quelques dollars par des rabatteuses, sont revendus de 10 000 à 30 000 dollars selon le sexe de l'enfant, son âge, la couleur de ses yeux, son état de santé... Sa joliesse aussi ; des défilés d'enfants sont organisés dans certains orphelinats dans le but de séduire le chaland. Sans parler des pratiques illicites. Le consentement par fraude, par exemple. On ment aux parents en leur disant que leur enfant va partir à l'étranger pour y être soigné ou faire des études. On berne ainsi de très jeunes mères en détresse. Ou alors on vole directement le nourrisson à sa naissance, à l'hôpital. Différentes méthodes peuvent se combiner et se conjuguer avec une falsification de l'état civil de l'enfant. Après un rapt, une rabatteuse peut faire une fausse déclaration de naissance puis se présenter auprès d'un notaire comme la vraie mère d'un enfant et donner son consentement à l'adoption. À partir des années 80, des fermes d'enfants destinés à l'adoption internationale ont poussé comme des champignons un peu partout dans les pays pauvres. Les États ont longtemps fermé les yeux sur ces pratiques. Plus le pays de naissance de l'enfant est dans une situation chaotique, plus il est aisé de procéder à ce genre de trafic. Tu imagines la situation de San Pédro, notamment après le confinement... Toutes les conditions étaient réunies pour faire sortir des enfants de la prison sans être inquiété. Maddy Beauvoir allait l'avoir son bébé, et Gody son Havre de paix en contrepartie. Sur le site de *SodaSud*, il était indiqué que la fondation lançait une opération d'évacuation des enfants orphelins de La Paz et proposait aux familles d'accueil qui le souhaitaient de venir en aide et de prendre en charge dans leur foyer un enfant orphelin de moins de douze ans. Pour s'occuper des enfants sur place, la fondation proposait dans le même temps un principe de volontourisme : des touristes pouvaient offrir de leur temps pendant leur voyage en Bolivie pour participer à la vie de l'orphelinat. Ils devenaient des bénévoles humanitaires et pouvaient visiter la prison en toute bonne conscience. Un moyen de détourner le règlement qui interdit l'accès de la prison aux touristes depuis 2009. Marcus Gody s'est cru très malin. C'était sans compter sur les gars de San Pédro. Tout lieu, même abandonné par la loi-cadre de l'État, recrée sa propre loi. Quand on veut jouer, encore faut-il connaître les règles du jeu et ne pas sous-estimer ses partenaires. Or, Gody, non seulement s'est engouffré dans un jeu de rôles dont il ne maîtrisait pas les règles, mais a pris ses partenaires (qui sont rapidement devenus des ennemis) pour des cons. T'as lu *Les 48 lois du pouvoir* de Greene ? Moi oui, quand je suis redescendu de mon petit nuage idéaliste. Pas lui, à l'évidence. Se mettre à dos les chefs de la prison, les *Caïmanes*, c'est s'assurer de gros gros ennuis, n'est-ce pas ? Ces deux dernières années, Gody n'a pas arrêté de cacher des choses à Tina qui avait d'autres chats à fouetter que de s'occuper de la paperasse administrative. Quand elle s'est rendu compte de la tournure que prenait le partenariat *SodaSud-Escuela Bolivia*, c'était trop tard. Les *Caïmanes* avaient certainement l'intention de s'occuper de lui plus tard, après avoir bien trait la vache à lait. Mais quelqu'un s'est occupé de lui avant eux. Et ce quelqu'un, en voulant tout stopper, a provoqué la mort de Tina. Ils n'avaient plus personne à éliminer à part celle qui les avait mis en contact avec Gody. En tout cas, c'est ce que je me dis. Je n'ai pas de preuve. Je ne suis pas retournée à San Pédro depuis six mois. Tina était complètement intégrée à la vie de la prison, elle avait ses protecteurs, elle faisait du bon boulot et était respectée des *Caïmanes*. Elle a pu tout aussi bien se faire assassiner dans la petite rue de La

Paz pour un simple vol à l'arraché qui aurait mal tourné... Je dis ça, je n'y crois pas trop... Et ça me ronge de l'intérieur, Gabriella, tu ne peux pas savoir comme ça me dévore... Je voudrais que cette soirée n'ait jamais eu lieu...

22

Jeudi 20 juin, Previously,
Bassin du commerce.

19 h pile. Elle est là. Le pendentif mouette qu'il lui a connu à La Paz est dissimulé derrière une couche de foulards superposés. Mais peut-être ne le porte-t-elle plus ? Engoncée dans un ciré jaune trop grand pour ses épaules menues, elle ressemble à une gamine dégingandée qui aurait piqué les fringues de sa mère. Une vieille gamine de trente-cinq ans, qui lui veut du mal. Dans ses yeux noirs plus une trace de douceur. Comment fait-elle pour tenir debout dans la tempête ? Pour ne pas s'envoler comme ces sacs plastiques et ces détritus qui virevoltent autour d'eux. La scène est digne d'un western spaghetti. Marcus Gody se demande ce que Stella va dégainer de ses poches extra-larges pour lui faire la peau. La berge est déserte bien sûr. Qui aurait l'idée de sortir de chez soi par un temps pareil. En contrebas, l'eau essaie de s'extraire du bassin et les optimistes amarrés se heurtent violemment au quai. Que La Mouette crache sa Valda. Qu'on en finisse avec cette mascarade.

— Ma fille m'attend. Va falloir faire vite, Stella.

— Oh, ta fille t'attend, Marcus, comme c'est… (fin de phrase inaudible, mangée par le vent qui vient de côté)

— Hein ?

Marcus se rapproche du petit chaperon jaune.

— Je dis : COMME C'EST TOUCHANT ! Il y en a des enfants qui “attendent” dans le monde. T'es bien placé pour le savoir.

— Tu veux quoi ?

— Je veux que tu paies.

— Bien sûr. La *génération #Meetoo*. Les justicières des temps modernes. Le camp du bien, les..

— La ferme, connard.

— “Cher connard” on dit. Que je paie pour quoi, exactement ?

— C'est vrai, y a l'embarras du choix. Pour tout. Et crois-moi, tu vas casquer.

— Toujours cette histoire… Mais ces enfants, tu crois que c'est quoi leur avenir à San Pédro ? T'as toujours rien compris à rien…

— Épargne-moi le couplet de l'humanitaire qui arrache les enfants à la misère et à la violence. T'es qu'un petit VRP qui pense avoir dégoté le bon filon pour s'en foutre plein les poches. Toi et la connasse de la Mairie, vous êtes deux escrocs à la petite semaine qui jouent avec des vies humaines. Et quand ça va se savoir…

— …“Dieu me pardonnera parce que c'est son métier”.

— Moi aussi je connais Audiard par cœur, blaireau : “Dieu pardonne, moi j'enquête”.

— Et, elle va s'y prendre comment la Robine de la forêt de Montgeon ?

— Elle va lui faire du chantage : si d'ici quatre jours tu n'as pas versé la somme inscrite sur ce papier (elle tapote sa poche) aux assoces humanitaires dont j'ai fait la liste, j'informe tous les médias que la fondation *SodaSud* fait dans le trafic de vrais et faux orphelins d'Amérique du Sud.

Et moi, je t'envoie un gars de la sécurité formé par les gardiens de San Pédro. Ça tombe bien, ils débarquent dans trois jours pour l'organisation du festival.

— Tu n'oublieras pas de faire mention du rôle d'*Escuela Bolivia* dans "le trafic" ? Ta petite copine et toi, vous allez continuer de vivre en prison, ça devrait vous plaire. Je les connais par cœur les idéalistes de ton espèce... plus si jeune que ça, d'ailleurs. C'est grotesque.

— Je balance tout pauvre merde. Tes magouilles avec les caïds de San Pédro, ton exploitation du volontourisme dans l'orphelinat de la prison.

— Mon volonquoi ?

— Ferme-la. C'est moi qui parle. L'heureux événement, c'est pour quand, Mister Peace ? Octobre, novembre ?

— Merde !

Une violente bourrasque de vent vient de séparer la casquette de Gody de sa tête. Il esquisse un geste pour la forme mais elle roule déjà à plus de cinquante mètres sur la berge. L'humidité qu'il sent à présent sur son crâne n'est pas normale. Et la Mouette est morte de rire. Vas-y marre-toi, pauvre conne. Tu ne remettras pas les pieds à San Pédro.

Tu ne mettras bientôt plus les pieds nulle part.

— Oh mais le gros blaireau a une perruque ! C'est une super nouvelle à ajouter à la liste des scoops, ça !

Non. Pas ça. Putain de colle *made en Japan*. Mister Peace tente de repositionner son toupet et plus il se bat avec ses faux cheveux plus La Mouette se gondole. La sensation du postiche mouillé entre ses doigts lui donne l'impression d'essayer de ventouser à son crâne un rat mort. Stella sort quelque chose de sa poche droite. Elle veut le tuer, c'est ça. C'est pour ça qu'elle lui a donné rendez-vous ici. Elle n'a pas vu *38 témoins* cette gourde. Elle ne se rend pas compte que la rade est entourée d'immeubles et que des dizaines de paires d'yeux sont sans doute en train de se demander ce que foutent ces deux cons en pleine tempête sur la berge.

La Mouette n'a pas sorti un flingue. Ce qu'elle tend vers lui, c'est un téléphone couvert d'une sorte de capote de protection en plastique : elle prend une photo. Là, sous la pluie torrentielle et dans les trombes de vent, elle recule vers les bites d'amarrage pour tenter de prendre le meilleur cliché sous le meilleur angle. Marcus se précipite sur Stella, bras tendu, pour lui arracher son smartphone. Au dernier moment, elle l'esquive en poussant un insupportable cri de mouette, à moins qu'il ne s'agisse d'un nouveau sifflement du noroît. Le pied de Marcus, lui, glisse sur une matière visqueuse. Un parterre de guano. Il tente de se rattraper à rien alors que son toupet pendouille bêtement sur l'arrière de son crâne. Stella en cette seconde est calme. Plus de rire, plus de sourire. Seuls ses grands yeux noirs le fixent de manière impassible. Elle remet son portable dans sa poche. Il rêve ou une mouette est posée sur son épaule ? Isabelle avait raison, il aurait dû apprendre à nager en arrivant au Havre.

C'est son avant-dernière pensée avant qu'il ne chute et que son crâne ne vienne heurter la coque dure de l'un des petits bateaux de l'École de voile.

Oh, ma Brune… Pardon pour tout.

23

Au *Pierrequiroule*, 20 h.

“Résultats du premier tour des législatives au Havre :

7e circonscription :
Horizon, 34,83 %,
RN, 28,63 %

8e circonscription :
NFP, 42,81 %,
RN, 31,32 %”

Gabriella ne sait pas dans quelle circonscription se situe le *Pierrequiroule* mais ce qui est sûr, c'est que les clients du bar — un mélange d'anciens punks et de cadres moyens sup — n'ont pas voté RN : des cris de joie explosent à l'unisson à l'annonce des chiffres projetés sur le petit écran du bar —

beaucoup plus petit que celui de *l'Impromptu* et qui ne doit servir qu'à certaines occasions spéciales. Comme cette soirée, par exemple. Au comptoir, des clients se bousculent joyeusement, des *Fuck le RN* sont scandés de manière sporadique accompagnés de majeurs dressés sous la lumière tamisée, des enfants courent entre les tables et le chien du lieu, qui ressemble comme deux gouttes à Léon IV, aboie d'excitation à chaque nouvelle clameur ou huée au gré du politique qui apparaît à l'écran. Gabriella n'est pas à la fête mais se laisse porter par l'ambiance du lieu. Elle est trop lasse pour autre chose.

Pierre, le patron au look de vieux rockeur, sert des bières à tour de bras, secondé par sa compagne, Joe, la petite cinquantaine, tatouée de la tête aux pieds. Quand ils se croisent, ils s'embrassent sur la bouche. Gabriella imagine un vieux couple de 30 années mais ces deux-là se sont rencontrés il y a trois semaines d'après Seb, qui sait décidément tout sur tout, ou presque. Elle est un peu déçue, la première version était plus sympa à imaginer.

Ce soir, tous les protagonistes croisés pendant ces quatre jours havrais semblent réunis au *Pierrequiroule* pour un dernier tableau de famille. À l'exception de Stella et de Maddy Beauvoir — qu'est-ce qu'elle foutrait dans ce gai boui-boui ? Même Isabelle Gody boit sa bière à une table accompagnée d'une copine qui peut tout aussi bien être une collègue du MUMA qu'une médiatrice culturelle de n'importe quelle structure locale. Gabriella a aperçu Brune discutant avec Blanche devant un *Coca-Meuh*. Francis et Béa sont au bar. De loin, ils auraient presque l'air amoureux. Peut-être parce qu'ils le sont et l'ont toujours été. Il paraît que les infidélités boostent parfois la libido des uns et des autres et désengourdissent les sensations endormies. Merci Gabriella. Ils pourraient lui offrir une bière pour la peine. Elle a croisé le regard de Béa, en rentrant tout à l'heure dans le bar avec Le Poulpe. La bib a un gros poc vert sur le front ; tout ce qu'elle voit d'elle à présent est un joli dos nu mais même ses omoplates ont l'air en colère. Francis, avec son œil au beurre noir et son bras dans le plâtre, ressemble, au choix, à un bad boy après bagarre ou à un boomer tombé d'une trottinette électrique qui fait tout ce qu'il peut pour ne pas regarder la jeune femme de 23 ans et demi assise à cinq mètres de lui. Exercice très difficile ; elle s'est placée pile dans son champ de vision. Le concert est annoncé pour 21 h. Une guitare, une sorte de mandoline (ou de luth ?) et un ukulélé sont déjà installés sur un espace de deux mètres carrés au fond du café. Le musicien attendu, Olivier Durand, est assis à une table avec une bande d'amis réunis autour de verres de vin et charcuteries-fromages. Les regarder manger lui donne faim. Le Poulpe pianote avec difficulté sur son portable.

— On se prend une planche ?

Il lève la tête.

— Tu me raconteras tout ce qu'il s'est passé chez la mouette ?

— Tu sais l'essentiel...

— Pas tout. Ta nouvelle copine n'est pas venue avec toi ?

— Je ne sais pas si elle veut être copine avec qui que ce soit... mais je l'aime bien.

Gabriella hèle Joe qui vient prendre commande en louchant sur son épaule.

— Beau travail... T'as fait ça où ?

— À La Paz.

— C'est où, ça ?

— En Bolivie.

— Joli.

Sur l'épaule de la serveuse, pas de toile, pas d'araignée, mais une mouette en lévitation au-dessus d'une vague. Elle repart.

— Tu ne m'as pas dit pour Alvaro.

— Parce que je ne sais pas. En tout cas, pour l'appart, c'est pas lui.

— T'es sûre ?

— Mon petit flic de la rue de L'Alma. T'as vu ? Il est là-bas avec ses potes.

— Ils ont retrouvé le mec ?

— Un simple voleur en série... Trois serrures ont été crochetées dans l'immeuble ce jour-là. Le gars a été surpris par Francis et n'a pas eu le temps de finir son travail. Il s'est fait coincer deux jours plus tard à deux pâtés d'immeubles.

— Son tatouage ?

— Une toile d'araignée parmi d'autres.

— Ils viennent d'où tes messages anonymes, alors ?

— Aucune idée...

— T'en reçois encore ?

— Pas eu le temps de regarder depuis hier. Mais je crois que Pedro a raison, je me suis fait des films. Et c'est mieux comme ça.

— OK.

— Je vais changer de vie, Poulpou.

— Ça veut dire quoi “changer de vie” ? T’as pas 24 ans, ta vie elle est devant toi, Poulpette.

— Tant que Tina était vivante, quelque chose me raccrochait au *Paraiso*. Mais maintenant qu’elle n’y est plus… C’est dur à expliquer.

— Comme si tu t’autorisais…

— À vivre ma vraie vie. Peut-être. Mais je ne sais pas ce que ça veut dire.

— T’as tout le temps de savoir…

Joe revient avec la planche mixte et une chose qu’elle sort de sa poche à piécettes pour la tendre à Gabriella.

— De la part de Francis, là-bas.

Béa n’est plus au comptoir. Francis lui fait un petit signe de sa main valide. Dans la main de Gabriella, un papier plié en quatre avec un minuscule truc fin et dur à l’intérieur.

— T’ouvres pas ? s’intéresse Gabriel.

— Plus tard, dit Gabriella en glissant le papier dans l’une de ses poches de jean.

— Tu lui a mis la tête à l’envers, à mon pauvre Francis… Sa femme ne veut plus qu’il m’approche.

— On est deux pour faire ces choses-là. Je l’ai obligé à rien. C’est un grand garçon.

Béa réapparaît, sûrement après une pause pipi. Francis reprend son air d’amoureux concentré.

— Je m’en fous, dit Gabriel, je vais dire bonjour à mon vieux pote.

C’est au tour de Brune de slalomer entre les tables pour venir faire ses adieux à Gabriella.

— Je pensais que je te reverrais plus. Tu restes au Havre ?

— Je repars demain matin. Très tôt.

— T'as vu ? Y a Blanche.

— Tu lui reparles ?

— Pas vraiment. Elle s'est excusée pour ses mensonges. C'est son père à elle qui lui a demandé de le faire. Ça compte pas du coup. Ma mère veut que j'aille au camp de vacances d'été de la *Mare Rouge* avec elle, en juillet. C'est n'importe quoi.

La petite n'a pas fini d'être contrariée. Elle ne le voit pas d'où elle est, mais Sébastien Gianni a rejoint la jolie veuve et parle tout contre son oreille, une main posée sur son épaule. Elle effleure discrètement ses doigts quelques secondes. Si Isabelle Gody manœuvre bien, elle peut transformer Sébastien Gianni en futur Mister Peace du Havre avec la complicité de Maddy Beauvoir. Une fausse complicité — comme les fausses excuses de Blanche — mais Mme Culture a des choses à cacher et Isabelle Gody les connaît toutes par cœur. Juste un nouveau théâtre de dupes.

— Je vais au WC, dit Brune avant de filer au fond du bar, j'ai bu trop de Meuh-Meuh.

Le Poulpe revient à la table, deux bières à la main.

— C'était Brune ?

— Oui. La pauvre, elle n'est pas au bout de ses surprises... Tu vois, elle est la seule raison qui me retiendrait de tout révéler sur mon blog demain.

— Et moi, il faut que j'attende demain pour tout apprendre ?

— Je t'ai déjà pratiquement tout dit… Je finirai dans le train. Là, maintenant, j'ai juste besoin de bière, de fromage et de musique.

— Une petite chose quand même. La Beauvoir, elle est enceinte de Gody ou pas ?

— Je ne connais pas les détails de sa vie sexuelle, mais ce qui est sûr, c'est qu'elle est bien enceinte, et c'est fort probable qu'il soit le père, oui.

— Je croyais qu'elle ne pouvait pas avoir d'enfant.

— Le syndrome des femmes en attente d'adoption, tu connais pas ?

— Kézako ?

— Certaines d'entre elles tombent enceintes juste au moment où on leur annonce qu'un enfant les attend. C'est dingue, mais c'est comme ça.

— Alors, elle va se retrouver à 45 balais avec deux gosses sur les bras ?

— Je serais toi, je ne m'en ferais pas trop pour elle. Elle a de quoi se payer une nounou à dom'. De toute façon, il n'y aura pas *deux* bébés. Je compte sur mon article pour paralyser tout le trafic d'adoption. La Paz-Le Havre, villes jumelles, le circuit illégal, c'est pas prêt d'arriver avec ce que je vais balancer.

— T'as des preuves au moins ?

— Stella a bossé pour *Escuela Bolivia* pendant plus de cinq ans, elle a eu entre les mains des docs à faire sauter des gros postes. Moi, je balance ; que ceux dont c'est le métier se chargent du reste. Si j'avais voulu être journaliste, ça se saurait.

— C'est toi qui prends des risques… Ta Stella, elle aurait pu approcher la presse pour leur fourguer tout ce qu'elle avait.

— Elle ne veut plus parler à personne. C'est pour Tina que je fais ça.

— Et Gody ? Le Bassin du commerce ?

— Il a glissé, il s'est noyé. Point.

— Tu ne me racontes pas tout. Tu sais à quoi je le vois ?

— Vas-y.

— Tes yeux. Ils virent au gris foncé.

Gabriella se penche au-dessus de la table pour embrasser le front de PapaPoulpe et c'est le moment que choisit le grand Louis pour se pointer à leur table.

— Oh pardon…

La tête de celui qui viendrait de surprendre sa mère en plein milieu d'une partie fine. Gabriella lui fait signe de s'asseoir. Il s'égaie :

— T'as vu les résultats ? On va l'avoir notre gouvernement de gauche !

Ce "notre" est à l'image du gentil Louis, il a des airs de puceau tout prêt à se faire mystifier.

Olivier Durand a pris sa guitare. Il annonce une "surprise" que Gabriella connaît déjà : Roberto Piazza va le rejoindre à la fin de la chanson. Séb ne sait pas tenir sa langue.

There's only one week left and you're still all alone
There's a hole in your heart, I did everything wrong
I ain't got no presents or promises to give you

La mélancolie qui émerge du premier couplet

arrive comme un écho aux pensées de Gabriella en ce dernier jour de juin. L'atmosphère même du bar en est modifiée. Elle passe un doigt sur la petite cicatrice-souvenir qui traverse sa bouche.

I've lost my wallet full of money and love
I've lost it somewhere with my new pair of gloves
And my hands are cold, and I'm broke and I'm lonely too

Le sosie de Léon IV s'est allongé à ses pieds comme un rappel à la vie parisienne qui l'attend. Elle gratouille le poil ras et fauve entre les deux oreilles. Son doux regard de chien se pose sur elle et, c'est bête, ça suffit à lui faire monter les larmes aux yeux. Tina n'est pas loin, Pedro sera toujours là. Les fantoches, ce ne sont pas eux. Gabriella pose sa tête sur l'épaule du Poulpe et glisse sa main dans la sienne.

This is not a Christmas song not another Christmas song
All the lights are blinking and I try to find my way home

Où est-ce, chez elle ?

24

Lundi 1er juillet, 10 h,
La Sainte-Scolasse, Paris

— Tu vas me faire tomber, nigaud.

Léon IV lui fait la fête comme si elle avait disparu depuis des lustres. C'est d'ailleurs l'impression que ça lui fait ; le décor de la Sainte-Scolasse semble avoir changé. Elle ne saurait dire en quoi ; tout est à sa place dans le petit café. Paris sera toujours Paris ? Pas forcément, pas tout à fait quand on revient… du Havre. Le prof à gomina, installé à sa table avec son éternel paquet de copies qui semble ne jamais s'épuiser, lui fait un petit signe. On est le 1er juillet. Il n'est pas en vacances ? Marco, devant son double et un croissant à moitié entamé, ne la voit pas arriver, tout concentré qu'il est sur son *Parisien* du jour.

Gabriella va s'installer au bar où personne ne l'accueille. Des filles, elle n'entend que les voix venant de l'arrière-salle. Ça se dispute pour une histoire de salades.

— Je me revois te dicter : cinq batavias et cinq laitues !

— Oh ça va… Il reste de la betterave, du chou-fleur et des poivrons. Vlad va nous faire une petite entrée sympa.

— Julie, tu me rends folle. T'es vraiment… Oh ! *Guapa* !

Julie toujours aussi rousse et jolie à la Hayworth se désencombre du plateau qu'elle a entre les mains pour venir taper la bise à Gabriella.

— C'est l'air marin qui fait frisotter tes cheveux comme ça ? Alors, Le Havre ? Oh, c'est quoi cette griffure sur ta bouche ? Et là ?

Pendant que julie enchaîne les questions, Gabriella sort deux petits paquets de son cabas et en jette un dans sa direction : “Tiens, celui-là, c'est pour toi !”

Juliette et son tablier “C ki la cheffe ?” rapplique dans la seconde, un couteau de cuisine à la main.

— Gab !

— Et celui-là, pour toi. Pose ce couteau, tu me fais peur !

Revoir les Juju lui fait du bien. Elles arrachent le papier cadeau en même temps, excitées comme des gamines de douze ans.

— Un porte-clé mouette !

“Criiiiiiiiiiii ! Criiiiiiiiiiii !” fait la boîte à mouettes de Julie.

— Cool ! Quand les clients me prendront la tête, je la laisserai répondre à ma place !

— Ça sert exactement à ça : ne pas perdre son temps avec les connards.

Les deux filles prennent Gabriella en étau pour lui plaquer chacune un gros baiser sur les deux joues. Julie la colle plus que Juliette.

— C'est un chat havrais ou un marin qui t'a laissé ce petit souvenir ? demande-t-elle en passant son doigt sur la petite cicatrice.

— J'ai joué dans un labyrinthe de ronces.

— Humm… Tu as de drôles de jeux, guapa…

Le prof de philo qui les observe de loin s'exclame, charmé :

— Ne bougez pas, mesdemoiselles. Là, comme ça, la brune, la blonde et la rousse, vous ressemblez à des créatures de BD créées pour faire fantasmer les vieux mâles de mon espèce !

— *Male gaze !* s'écrient Juliette et Julie en chœur.

— Parole de mâle blanc cisgenre hétéro privilégié de plus de 50 ans, vous le savez bien, mesdemoiselles.

— Pas besoin de le souligner, rigole Juliette.

— Vous avez encore des copies à corriger, Sartre ? demande Gabriella.

Ce qui lui fait directement penser à Beauvoir, mais elle n'a pas envie de parler de sa semaine au Havre à la Sainte-Scolasse. Elle est venue pour rédiger sa chronique ; une fois signée et balancée sur son blog, elle n'en parlera plus. Sauf si on vient lui chercher des poux. Sartre-Gomina lui parle de ses copies du CNED mais Gabriella n'écoute pas ses commentaires sur "l'indigence des dissertations". La ville du Havre lui manque déjà. Son béton, ses galets, sa mer océane et ses cris d'oiseaux du littoral. Ses bouquinistes bordéliques, aussi. Un peu. Et pourtant, ce sera pour toujours la ville où elle aura appris la mort de Tina.

— Je t'apporte un café, Gabriella ? demande Julie en lui passant la main dans les cheveux. Furtivement. C'est-à-dire en cachette de Juliette.

Gabriella acquiesce et va s'asseoir à sa place habituelle contre la vitre qui donne sur la terrasse, face au mur rouge Balzac de La Scolasse. Le "rouge Balzac" n'existe pas, mais c'est la couleur de la pièce où l'auteur a écrit *La Comédie humaine*. Elle l'a visitée il y a un an avec Le Poulpe. Un rouge carmin, ou pourpre… Elle s'est juré de peindre un mur de sa cabane dans cette teinte. Peut-être pour écrire sa comédie humaine à elle un de ces jours, qui sait. Léon IV s'allonge à ses pieds. Elle aurait dû lui apporter quelque chose à lui aussi. La prochaine fois, elle lui achètera une langoustine goût langoustine, en plastique orange ; elle en a vu à l'office du tourisme.

Elle reprend ses habitudes, sort son ordinateur. Les gestes du quotidien reviennent vite, même quand on pense qu'ils ne se pointeront plus jamais. Après la perte d'un être cher, par exemple… Tina sera enterrée à La Paz. Gabriella ne lui connaît pas de famille à part cette tante qui l'a élevée et qui est à présent très âgée. Maria était chargée de son enterrement mais Tina n'a pas pu entrer en contact avec elle. Pedro lui a certifié que Tina aura sa "boîte" dans le cimetière général de La Paz où son cercueil demeurera dix ans. Ensuite, elle le sait, par manque d'espace, le corps sera certainement exhumé et incinéré pour céder la place à de futures inhumations. Elle espère que Tina a eu le droit au bain rituel, au lavage du corps et des cheveux avant la veillée funéraire. Peut-être sera-t-elle invitée un jour par Maria à la "fête du jour du crâne" (*Dia de las Natitas*). Le souhaite-t-elle ? Une semaine après la Toussaint, à la demande des familles, les fossoyeurs déterrent des crânes pour que les fidèles les transportent, décorés, au cimetière pour les exposer. Certaines familles, même, conservent le crâne toute l'année dans leur maison parce qu'il symbolise la mort, la renaissance et porte chance. “Qu’est-ce que tu dirais de mon crâne sur ta table de chevet quand je serai morte, Gabriella ?” Une blague qu’aurait pu faire Tina avec son humour souvent limite. Non, elle préfère se souvenir d’elle avec sa longue natte dans le dos, ses immenses boucles rouges aux oreilles et son sourire à clouer le bec à tous les goélands de la Seine-Maritime. Des doigts sur son épaule.

— Oh, la Mexicaine, t’es revenue ! Alors, Le Havre ?

— Tu m’as manqué, Marco. J’ai rencontré un René qui te ressemblait comme deux gouttes d’eau là-bas.

— À ce point ?

— À une différence près : il lisait *Le Havre*.

— Hé bien moi, dans *Le Parisien* ce matin, je lis quoi sur Le Havre ?

— Laisse-moi deviner : “Un Havre de Paix… ?” “Homme libre toujours tu chériras la mouette” ?

— T’as de l’imagination, la Chilienne ! Non. “Jumelage Le Havre-La Paz : pour le meilleur ou pour le pire ?”

Gabriella n’attend pas l’autorisation de Marco pour lui arracher *Le Parisien* des mains.

— Eh, on se calme, l’Andine ! On ne t’a jamais appris à demander les choses poliment ?

— Non.

Le papier explique en quelques lignes rapides le bordel de dimanche après-midi et la perturbation du festival pendant quatre jours par “*un commando de femmes-mouettes aux intentions mystérieuses puisqu’elles ne s’expriment que par d’insupportables cris d'oiseaux marins*". "Insupportable toi-même", commente Gabriella à voix haute en parcourant le filet. Même pas fichu de savoir que le commando, c'est une seule et même Stella Guiard. Après une mention très évasive de questions "*étranges*" posées à Maddy Beauvoir par "*une jeune femme au look de punk à chiens*" (!), le journaliste annonce "*le jumelage surprise entre Le Havre et la capitale de la Bolivie, un scoop venu clôturer le week-end des festivités pour la paix*". Gabriella va se faire un plaisir d'aider le rédacteur à compléter son article un peu lacunaire. Celui-ci fait cependant mention d'un nom qui circule à l'Hôtel de ville pour reprendre la direction du festival *Un Havre de Paix* : un certain Sébastien Gianni, "*figure de référence dans le milieu associatif havrais*". L'autopsie du corps de Marcus Gody confirme, sans surprise, "*une mort accidentelle par glissade et noyade*".

Gabriella lève la tête, songeuse. Elle a une semaine pour vider l'appartement de Tina. Mettre en carton ses vêtements est un crève-cœur...

Tiens, ce polaroid sur le mur de La Scolasse, c'est la première fois qu'elle le remarque. C'est comme s'il venait d'apparaître à l'instant. Gabriella fait un signe à Juliette qui apporte son énième café à Sartre. Elle désigne le mur rouge.

— La photo, là, c'est nouveau ?

— La première chose qu'on ait mise au mur quand on s'est installées.

— Je ne me rappelle pas l'avoir vu avant... Pourquoi une mouette ?

— Marrant, cette question. Tes cadeaux... je

pensais que c'était à cause de ça. C'est un pola de Julie, en souvenir de notre rencontre, en Bretagne. Quand on était encore jeunes et belles ! J'étais sa mouette.

— Ouais, c'est vrai qu'aujourd'hui, vous êtes vieilles et moches…

— Rigole pas, ça vient vite, tu verras !

— À qui le dis-tu. J'ai l'impression d'avoir pris dix ans en quatre jours…

Est-ce que Gabriella et Le Poulpe mangent là à midi ? Une table pour deux ?

— Réserve pour trois. Gabriel ne viendra pas seul.

Juliette n'est pas curieuse. Le Poulpe a l'habitude de venir avec des amis. Sauf que là, il s'agit de "la mystérieuse". Et c'est Gabriella qui meurt d'envie de la voir enfin.

— Hein, mon bon Léon, qu'on est curieux de voir la maîtresse de Rantanplan !

Le peu de café qui restait au fond de la tasse finit sur la page ouverte du *Parisien* après que Léon IV a sauté sur ses genoux pour lui répondre.

— Regarde ce que t'as fait, gronde Gabriella en caressant la tête de Léon (pas contrit du tout).

Elle se saisit d'une petite serviette en papier posée sur la table d'à côté pour éponger la tache brune qui couvre les toutes dernières lignes de l'article. Elles parlent d'un "*drôle d'objet… une statuette en bois, lâchée du ciel par une mouette rieuse à l'endroit du fameux* (effacé)"… (effacé)… "*Elle serait à présent entre les mains de la police havraise afin de* (effacé)…"

Gabriella a une pensée pour le joli policier de la rue de l'Alma. Elle récupérera Pachamama d'une manière ou d'une autre. Une excuse de plus pour retourner au Havre. À moins que ce ne soit le Havre qui ne se rappelle à elle.

— Ah, j'allais oublier, *guapa*, quelqu'un est passé ici la semaine dernière. Un homme. Il te cherchait.

Julie tend une feuille pliée en quatre à Gabriella.

— Un homme ?

— Jeune. Genre Amérique du Sud, plutôt mignon. On a échangé avec les deux trois-mots espagnols que je connais.

— Il t'a dit son nom ?

— Non.

— Il t'a dit ce qu'il me voulait ?

— Non. C'était en plein rush, pas eu le temps de faire la causette. Mais il m'a donné ça pour toi.

Gabriella continue de fixer le papier sans le toucher.

— Bon, on fait quoi ? Tu le prends ou je le range dans ma culotte ?

Gabriella le prend au ralenti et le pose sur la table.

— Il avait l'air sympa. Je retourne à la cuisine.

Grande inspiration, expiration. La feuille semble arrachée à un cahier d'écolier. Des lettres se détachent, à l'encre bleue, une écriture appliquée, presque scolaire, au P majuscule bien dessiné. Celui qu'elle a appris à tracer à l'école de La Paz.

Piensa en quien espera,
en quien se rompe y cuelga de un árbol
como una fruta que no acaba nunca de caer.

Piensa en tu nombre, borrado de repente
aunque lo vuelvas a escribir en las paredes, en los cristales,
en las esquelas de un mundo que no te pertenece.

Fuego

Pense à celui qui attend,
à celui qui se brise et pend à un arbre
comme un fruit qui ne finira jamais de tomber.
Pense à ton nom, effacé soudain
bien que tu l'écrives à nouveau sur les murs, sur les vitres,
sur les nécrologies d'un monde qui ne t'appartient pas.

Gabriella ne peut s'empêcher de penser que, oui, la poésie latino-américaine, c'est le contraire de la littérature faite pour s'endormir à l'ombre des jardins français. Et si c'est bien Alvaro qui a écrit ces mots et les autres, s'il est devenu ce poète-là, peut-être, tout compte fait, que ce ne serait pas si mal qu'ils passent un peu de temps ensemble ailleurs que dans un dédale de barbelés ou d'épines.

Gabriella tourne entre ses doigts la médaille autour de son cou. Sur le papier kraft qui la protégeait, un mot griffonné à la va vite : "Trouvée dans un livre au *Feu sacré*. "*Que sçay-ie*", ("que sais-je", en moyen français). Ça te va bien. Montaigne portait la même. C'était un chouette gars. Baiser du Havre, fillette indienne. Hasta luego, Francis."

FIN

Chanson de générique de fin :

Ça s'est passé un jour d'été
Dans un Havre de paix,
Ça s'est passé un jour d'été
Dans un Havre de paix
On avait beaucoup cherché, l'ami,
On avait beaucoup marché,
On tenait plus sur nos jambes,
Mais on avançait,
Et quand on est arrivé, l'ami,
Qu'on s'est trouvé des milliers,
On a su que c'était là,
On s'est tombé dans les bras, l'ami,
O l'ami, la folie !
Ça s'est passé un jour d'été
Dans un Havre de paix,
Ça s'est passé un jour d'été
Dans un Havre de paix,
Ça s'est passé un jour d'été
Dans un Havre de paix,
Ça s'est passé un jour d'été
Dans un Havre de paix
Tu vois qu'on n'était pas fou, l'ami,
Quand on croyait malgré tout
Qu'on en trouverait, des hommes,
Vivants et debout !
Là bas, il n'y avait plus, l'ami,
De salauds ni de salut,
Il n'y avait que la vie,
Le beau, le joli pays, l'ami,
Ô l'ami, la folie!

Ça s'est passé un jour d'été
Dans un Havre de paix,
Ça s'est passé un jour d'été
Dans un Havre de paix,
Ça s'est passé un jour d'été
Dans un Havre de paix,
Ça s'est passé un jour d'été
Dans un Havre de paix

Un Havre de paix, Michel Fugain (album *Un jour d'été dans un Havre de paix, 1977)*

Extraits du poème "Une balle" de Juan Carlos Olivas (traduit en français par Laurent Bouisset) dans *Fuego del Fuego, Poèmes d'Amérique Latine*, éditions Les Étaques.

Nuit Grave, Frédérick Houdaer, éditions La Boucherie littéraire

L'ecclésiaste, éditions Louise Bottu, préface et traduction revue et corrigée par Frédéric Schiffter.

Extraits des chansons de l'album *Un jour d'été dans un Havre de paix (1977) Michel Fugain & Claude Lemesle*

« This is not a Christmas song » d'*Olivier Durand extrait de* l'album en streaming *This is a Christmas Record, avril 2021.*

Remerciements à Serguei Dounovetz et Jean-Christophe Lopez pour leur confiance, l'opportunité (et la gageure !).

Merci à Frédérick Houdaer pour ses lectures, son soutien tout au long de l'écriture (et pour tout le reste).

Merci à Arthur Houdaer pour ses histoires sur La Paz et l'Amérique du Sud.

Merci à mon fils, Léopold Giannelli, d'exister.

Notes:

[1] monnaie de la Bolivie

[2] Centre de loisirs et d'échanges culturels

[3] va niquer ta mère

[4] A bientôt, petite sœur. Prends soin de toi. Je t'aime, tu le sais ?

[5] drapeau multicolore des peuples andins

[6] S'il te plaît, dis-moi que tu seras là quand j'en aurai besoin/Tu ne me tourneras pas le dos/aide-moi à sortir de la vie que je mène.

[7] Musée d'Art moderne André-Malraux

[8] Tu es à moi

Imprimé en France par
CPI Bussière
en janvier 2025
N° d'impression : 2082503
Dépôt légal : janvier 2025